Anke Brausch

Wer immer mit der Herde rennt,
muss ständig Ärschen folgen

Anke Brausch

Wer immer mit der Herde rennt,
muss ständig Ärschen folgen

Re Di Roma-Verlag

Bibliografische Information der Deutschen
Nationalbibliothek:
Die Deutsche Nationalbibliothek verzeichnet diese
Publikation in der Deutschen Nationalbibliografie;
detaillierte bibliografische Daten sind im Internet über
http://dnb.ddb.de abrufbar.

ISBN 978-3-86870-622-2

Copyright (2014) Re Di Roma-Verlag

Umschlaggestaltung: Designlotsen – Katja Lotze

Bild Rückseite: contrastwerkstatt

www.rediroma-verlag.de
11,95 Euro (D)

Blackbird singing in the dead of night
take these broken wings
and learn to fly

für mein Muttchen – du fehlst

Wer Sahne will, muss Kühe schütteln!

Der Mensch ist nun mal ein Herdentier! Wir alle fühlen uns diversen Gruppen zugehörig. Das beginnt schon während der Schulzeit. Da gab es auch strenge Unterteilungen in Coole, Uncoole, Schwänzer, Kiffer, Hochbegabte, Mauerblümchen, Superschlaue, Hirnverbrannte, Poeten und Mathegenies.

Ich war nie die hellste Kerze auf der Torte, kein Überflieger oder gar hochbegabt. Dennoch ging ich gern zur Schule. Zum einen, weil ich mir so die Zeit bis zum Wochenende vertreiben konnte, zum anderen um soziale Kontakte zu pflegen oder meine neuen Schuhe einzulaufen.

Mit allem Naturwissenschaftlichen stand ich schon immer auf Kriegsfuß. Mathematische Textaufgaben klingen für mich in etwa so: Es waren einmal zwei Giraffen, eine davon war grün. Wie viel wiegen Weintrauben, wenn es nachts kälter ist als draußen?

Und dennoch kristallisierte sich über die Jahre hin eine Affinität heraus, alles Medizinische betreffend. Emotional eine Mischung aus Faszination, vielen Aha-Erlebnissen und bei angewandter Chirurgie einem Gefühl von Ekel.

Niemals-nie-nicht hätte ich so was wie Kardiologin werden können – obwohl ich, dank der unzähligen

Arztserien, die ich mir regelmäßig ansehe, quasi ein abgeschlossenes Medizinstudium erlangt habe, inklusive Doktortitel. Aber Praktizieren ist nichts für mich! Ich hab´s versucht mit Splitter ziehen und Pickel ausdrücken, aber für ein menschliches Herz oder gar ein Hirn bin ich einfach zu ungeschickt. Fragt meine Nachbarn, die jeden Montag pünktlich um 14:15 Uhr damit beschäftigt sind, meine herunter gefallenen Einkäufe, vorzugsweise Obst, Eier und anderes, was rollen kann, wieder aufzusammeln. Ich denke, wenn dir im OP ein Herz aus den Händen fällt, ist es mit roten Ohren und einem „Upsi" nicht mehr getan. Ich bin in der Tat recht talentiert was das Entfachen von Kettenreaktionen angeht, bei denen am Anfang eine heruntergefallene Melone steht und am Ende das ganze Viertel in Flammen aufgeht.

Ich persönlich halte mich ja für ein unerkanntes Mathegenie! Ich glaube aber, die Welt ist einfach noch nicht bereit für meine Logik! Ich denke, man kann mich dahingehend mit den ganz, ganz Großen der Wissenschaft vergleichen – die wurden auch zunächst belächelt, bis die Welt dann endlich so weit war, den enormen Gehalt ihrer Thesen zu erkennen.
Während viele noch der D-Mark hinterhertrauern und andere über die Beständigkeit des Euros sinnieren, habe ich bereits meine ganz persönliche Währung gefunden. Handtaschen!
Kostet ein kleiner, oller Gebrauchtwagen 2500 Euro, rufen viele: Was? Das sind ja 5000 Mark!
Ich hingegen stelle fest: Das Auto kostet eine kleine, gebrauchte Hermes Kellybag in der Standardfarbe schwarz.

Oder auch: Für das Auto bekomme ich zweieinhalb Dolce&Gabbana Borsa A Mano Vitello Classic Rosso oder eine halbe Chanel 2.55.

Will heißen: Während die D-Mark-Anhänger durch ihr ständiges Umrechnen von Euro in Mark den Preis augenscheinlich „in die Höhe treiben" und ihn dadurch in ein negatives Licht rücken, sehe ich die Sache positiv. Wenn ich auf der Straße 10 Euro finde, weiß ich den Wert meines Fundes zu schätzen! Ich brauche nur noch 59 Mal einen solchen Schein zu finden, um mir eine 25ger Louis Vuitton Monogram-Tasche kaufen zu können – Hurra!

Ich bin mehr der coole Rechtschreibtyp, vermutlich habe ich das von meiner Mutter geerbt, die als Sekretärin arbeitete. Vom Papa habe ich das jedenfalls nicht. Der behauptet steif und fest, dass „wir" mit ie geschrieben wird, weil es sich doch auf „Bier" reimt.

Ich bin da auch wirklich penibel und kann nicht nachvollziehen, warum Leute Mails, SMS oder Postings in sozialen Netzwerken nicht grammatikalisch und orthografisch richtig verfassen – vom Inhalt mal ganz abgesehen. Meine Affinität zu richtig Geschriebenem geht sogar so weit, dass ich bei Fehlern in Mails auf der Tastatur nachsehe, ob es ein akzeptabler Tippfehler sein könnte oder der Absender einfach nur dumm ist. Oh sorry, es heißt ja nicht mehr dumm, politisch korrekt ist jetzt: Mensch mit gedrosseltem Denkvermögen. Man sagt übrigens auch nicht mehr Nutte, sondern Vaginalfachverkäuferin, aber das nur am Rande.

Ich bin ja heilfroh, dass ich meine Jugend zu einer Zeit verbracht habe, als man noch in ganzen Sätzen schrieb und sprach. Heutzutage zeichnet sich der Satzbau aus durch die Verwendung von Subjekt, Prädikat, einer Beleidigung der Mutter des Gegenübers und das Wort „Alter" als Satzabschluss. Sprache ist in der heutigen Zeit nicht mehr mehr, als das Auskotzen von Buchstabensuppe – gebrochenes Deutsch ist total trendy. Wenn mir Teenies eine Mail schreiben, muss ich erst mal googlen, was überhaupt gemeint ist:

Hi wollte ma pn´en u btw fragen was bei dir eig so geht. Boah, morg. is wieder Schule. WTF! VLG u MB.

Manchmal stehe ich an der Bushaltestelle, beobachte die ein- und aussteigenden Schüler und verabschiede mich leise weinend von meiner Rente. Kennt ihr das? Wenn ihr an einem Tag so vielen Vollpfosten begegnet, dass ihr daraus ein hübsches Blockhaus bauen könntet?

Nur durch gute Leistungen in Sport und Kunst konnte auch ich überhaupt die Qualifikation zum Abitur schaffen. In diesen beiden Fächern gelang es mir auch erstaunlicherweise, regelmäßig anwesend zu sein. Mir reichte der hart erkämpfte Abi-Schnitt von 3,1 vollkommen aus. Ich wusste ja, wo ich hin wollte.

Lehrerin wollte ich werden. In einer schönen kleinen Eifelgrundschule, da, wo die Welt noch in Ordnung ist. In meiner spätpubertierenden Vorstellung wollte ich in „meinem" Haus wohnen, an dem ich seit Kindheitstagen unzählige Male stehen geblieben war, immer mit dem frommen Wunsch gen Himmel, Gott möge dazu beitragen, dass sich das findet, was zusammen gehört – Anke und Haus.

Gott hat mich wohl erhört, vielleicht bin ich ihm auch einfach nur durch mein ständiges Gebetsbetteln so auf die Nerven gegangen, dass besagtes Traumhaus just in dem Moment frei wurde, als ich Lehramtsstudium und Referendariat erfolgreich abgeschlossen hatte. Seither tuckere ich nun jeden Morgen vom Traumhaus Richtung Eifelgrundschule, denn auch hier hatte Gott sich im richtigen Moment zugeschaltet.

Ich mag vielleicht nicht die hellste Kerze auf der Torte sein, habe aber dafür vom kosmischen Glückskuchen mehr als bloß ein paar Krümelchen abbekommen.
Ich habe aus dem, was ich kann, das Bestmögliche gemacht. Neben meinem tollen Lehrerjob ist es mir gelungen, meinen zweitliebsten Berufswunsch zum Nebenjob zu machen. Gerne wäre ich Schauspielerin geworden, aber die Aussicht darauf, in einem Ersatz-Traumhaus, umringt von Oscars, Golden Globes und reichlich Personal, am Fuße der Hollywood Hills zu leben, statt in „meinem" Haus, hielt mich davon ab, mich in die weite Welt hinaus zu begeben. Sicherlich wäre es auch ein schier unmögliches Unterfangen gewesen, in Hollywood eine kleine Eifelgrundschule zu finden. Mal davon abgesehen hätte das meinem Papa das Herz gebrochen. Er war ja schon total geknickt und am Rande des Wahnsinns, als ich zum ersten Mal zum Studienort fuhr – und das nur zur Einschreibung. In seiner Papa-Vorstellung glaubte er, ich würde mich dort in einen australischen Austauschstudenten verlieben, mit ihm in seine Heimat auswandern, um am anderen Ende der Welt Kängurus zu unterrichten.
Das hätte ich dem Papa niemals angetan! Wir sind viel zu eng miteinander verknüpft, als dass ich es auch nur einen Monat ohne ihn ausgehalten hätte. Wir sind auch nach meinem Erwachsenwerden noch stark aneinander gebunden. Mittags kommt er immer zu mir zum Essen

und darüber hinaus wird mehrmals täglich miteinander telefoniert – meine Freundin nennt das Telefonnabelschnur

Apropos Telefon: Das, was mir an mathematischen Fähigkeiten fehlt, fehlt dem Papa an technischem Verständnis.

Vergangenen Sonntag, ich wollte gerade los zum Auftritt, rief ich wie gewohnt den Papa an, um ihm zu sagen, dass ich los muss. Normalerweise rufe ich ihn ja immer noch einmal an, wenn ich beim Auftrittsort angekommen bin und dann noch einmal, bevor wir wieder los fahren, von Zuhause aus lasse ich dann noch einmal sein Telefon klingeln, damit er weiß, dass ich heil wieder angekommen bin. Nun spielte sich folgendes am Telefon ab:

Ich: Ich weiß noch vom letzten Mal, dass an diesem Auftrittsort kein Handyempfang ist. Ich werde dich also erst wieder anrufen können, wenn ich auf der Rückfahrt bin.

Er: Ah... Gut, ich sehe ja dann, wenn du angerufen hast.

Ich: Nee Papa, ich kann ja nicht anrufen, weil da kein Empfang ist.

Er: Aber ich sehe doch dann auf dem Display, dass du das warst, die angerufen hat, auch, wenn wir nicht reden können.

Ich (schon etwas ungehalten): Nee Papa, das geht nicht! Wenn das Telefonat bei mir nicht raus geht, dann kommt es auch nicht bei dir an.

Er: Ach so... Gut, dann rufe ich besser dich an, ich hab´ ja Empfang!

Zu wahr, um schön zu sein

Als meine Kabarettkollegin und ich unseren ersten kabarettistischen Auftritt als Duo vor ca. 100 Zuschauern absolvierten — rückblickend kindlich-naiv und wenig durchdacht - betrug die Strecke zwischen heimischer Couch und Veranstaltungsort gerade mal 10 Kilometer. Die Zuschauer waren auch nicht freiwillig da, sie wurden quasi durch die stattfindende Betriebs-Weihnachtsfeier zum Zugucken gezwungen. Heute empfinden wir Auftritte im Umkreis von 200 Kilometern als durchaus heimatnah und das Publikum kommt freiwillig, ohne Ausblick auf ein Weihnachtsbüffet oder ein Präsent vom Firmenchef.

Viel hat sich verändert in den vergangenen Jahren. Gelegentliche Auftritte als „Kabarettduo Weibsbilder" wurden zum Fulltime-Zweitjob. Haben wir vor einigen Jahren bei 10 Kilometer-Fahrten zu Tante Gertrud oder Opa Fritz noch quengelnd im Auto der Eltern die für Kinder typischen Aussagen getroffen „Sind wir bald da?" „Ich muss mal!" „Mir ist sooo langweilig...", so bringen wir es heute an einem Wochenende locker auf 1500 Kilometer.

Wenn das nicht der Beweis dafür ist, dass mittels konstantem Gebetsbetteln, durch den unerschütterlichen Glauben an sich selbst und durch den unermüdlichen Kampf für das, was man will, selbst der unterbegabteste Schüler etwas aus sich machen kann, dann weiß ich auch nicht.

Wenn wir mit unserem Kabarettprogramm unterwegs sind, ist es uns stets ein Bedürfnis, bei allem Stress auch ein wenig auf einen gesunden Ausgleich zu achten. Daher nutzen wir die Vor- und Nachmittage gern, um uns verwöhnen und verschönern zu lassen. Meist suchen wir dann eine dem Auftrittsort naheliegende Sauna auf, um uns massieren, peelen oder gesichtsbehandeln zu lassen. Leider bringt die ersehnte Entspannung nicht immer den Effekt, den sie haben sollte…

Wir alle kennen die typischen, klischeehaften Szenen aus schlecht produzierten Hollywood-Filmen: Eine etwa 1,30m große asiatische Masseurin bearbeitet ihre verspannungsgeplagten Patienten mit ihrem gesamten Körpergewicht, das bei etwa 25 Kilo liegt, unter Einsatz sämtlicher Extremitäten und setzt dabei laut jauchzend chinesische Schriftzeichen in Lautsprache um.
Eines Tages wurde mir schlagartig klar, dass es sich hierbei nicht um ein Klischee aus der Feder siebtklassiger Drehbuchautoren handelt!
Eigentlich hatten wir uns ja auf einen tollen Saunatag mit entspannender Massage gefreut. Ich sollte als Erste in den Genuss kommen, der Termin meiner Kollegin war gleich anschließend. Freundlich nickend holte mich die Mini-Asiatin an der Rezeption ab und führte mich in einen Raum, in dem es muckelig warm und die Luft duftölgeschwängert war. Ich entledigte mich meiner Kleidung, hievte meinen, sich nach wohliger Entspannung sehnenden Körper auf die Massagebank, im Glauben, während der Behandlung an die schönen Dinge des Lebens denken zu können. Ich war gerade dabei mir vorzustellen, wie die London-Zwillinge Jason und Jeremy in einen Streit geraten, weil beide mir un-

sterblich verfallen sind, ich aber leider keinen der Sweeties erhören kann, weil ich schon an Matt Dillon versprochen bin – an den jungen, rebellischen Anfang-20-Matt wohlgemerkt, nicht an den bierbäuchigen mit den falschen Zähnen, der er heute ist - da nahm das Schicksal seinen Lauf.

Nachdem mir die kleine Schlächterin zunächst mit ihren samureischwertscharfen Fingernägeln die Unterseite meiner Füße aufgeschlitzt hatte (vermutlich, um mich fluchtunfähig zu machen), fragte sie mit piepsiger Stimme: „Kotzmeersen?"

Häh?

Kotzmeersen?, wiederholte sie und tippte mir penetrant bohrend mit dem Finger und dem dazugehörenden Gelnagel an den Schädel.

Ahhh, Kopfschmerzen, freute ich mich, als hätte ich mit dieser Antwort die Millionenfrage beim Jauch beantwortet (den ich, nur so nebenbei erwähnt, gerne im Amt des Bundespräsidenten gesehen hätte).

Jo, Kotzmeersen hatte ich oft.

Das hätte ich besser nicht gesagt, denn nun begann das Massaker. Ich fühlte mich, als wäre ich die Hauptdarstellerin in einer Episode der „Saw"-Kinofilme.

Honigmassage hatte ich gebucht – und Honig sollte ich bekommen! Normalerweise, das weiß ich aus Erfahrung, wird der süße Bienensaft erwärmt, um sich dann wohlig warm in die Massage einbetten zu lassen. Doch die kleine Asiatin sah das anders! Mit ihren winzigen Patschehändchen verteilte sie den kalten Glibber auf meinem Rücken, als wäre der die untere Hälfte eines Brötchens, das gerade von einem frustrierten Finanzamtmitarbeiter für den kleinen Hunger zwischen zwei

Einkommenssteuererklärungen bearbeitet wurde – ich möchte nicht zu sehr ins Detail gehen, aber wer sich schon einmal den Körper mit Kaltwachs enthaart hat, der weiß, was ich in den nächsten 25 Minuten mitmachte…

Während der Tortur überlegte ich angestrengt, was ich in den letzten Jahren meines Lebens falsch gemacht haben könnte, um das zu verdienen.

Hatte ich jemals Asiatenwitze erzählt? Nein, Asiaten bieten zu wenig, worüber man sich lustig machen könnte. Gut, sie sind ein bisschen seltsam, reden komisch, dürfen keinerlei Gefühle offen zeigen und sind verantwortlich für Sendungen wie „Takeshis Castle", bei denen die Teilnehmer bei brutalen Spielen regelrecht gefoltert werden – was aber alle super lustig finden, einschließlich der Malträtierten. Aber das ist doch kein Grund, Asiaten nicht zu mögen.

Hatte mir vielleicht des Nachts jemand heimlich ein Tattoo auf dem Rücken verpasst, das übersetzt so viel bedeutet, wie: Ich kann asiatische Masseurinnen nicht ausstehen? Was mich hier brennend interessieren würde: Lassen sich Asiaten eigentlich auch deutsche Schriftzeichen in den Nacken tätowieren?

Ich hätte meine Peinigerin gerne danach gefragt, aber ich war kaum in der Lage, zu sprechen, viel zu sehr auf den Schmerz konzentriert, den sie durch Auflegen ihrer Handflächen und rasches, ruckartiges Abziehen selbiger, verursachte.

Lag es vielleicht daran, dass ich das vierbeinige Lieblingsessen dieser Frau in vierfacher Ausführung als felliges Haustier hielt? Mein Gott, es gibt so viele Katzen auf der Welt und täglich werden es mehr, da ist es doch nicht schlimm, wenn vier davon nicht in der Pfanne landen.

Nichts von all dem traf zu, womit hatte ich also diese Misshandlungen verdient???

Ich überlegte kurz, ein Lied von TOKIO Hotel anzustimmen und meiner Peinigerin damit zu verstehen zu geben, dass ich auf ihrer Seite bin – mitten im Monsun befand ich mich ja schon. Sollte ich vielleicht noch anmerken, dass ich Doktor Yang von allen Greys Anatomy Ärzten am besten finde? Ich habe sogar 1983 mein Fahrrad an eine arme, neuzugezogene Thai-Familie verschenkt. Zählte das denn gar nicht?

Ich änderte meine Taktik und begann nun, der Sache irgendetwas Positives abzugewinnen. Vielleicht würde diese Frau es mit ihrer Kaltwachs-Hautabzieh-Technik ja schaffen, mein längst überfälliges Muttermal am Rücken zu entfernen…

Nach weiteren Minuten des Schmerzes schlug mein positives Denken um, ich hatte nur noch den Wunsch, heil aus dieser Geschichte zu kommen!

Ich überlegte: Okay, die Täterin hat jede Menge Fingerabdrücke auf mir hinterlassen, den Termin zu diesem als Schönheitsbehandlung getarnten Jacki-Chan-Anschlag hatte ich selbst gebucht, die Dame am Empfang hatte ihn schriftlich festgehalten, meine mitgereiste Kabarettkollegin kann als Zeugin aussagen, dass sie mich mit der Peinigerin hat weggehen sehen, das müsste doch für eine Anklage und Verurteilung reichen. Wenn das kein lebenslänglich nach sich zieht, dann weiß ich auch nicht, dachte ich triumphierend.

Doch plötzlich kam mir der Uralthit „Jeannie" von Falco in den Sinn und kurz hatte ich, vermutlich bedingt durch das Delirium, in dem ich mich befand, das Gefühl, ich höre die Masseurin mit leicht asiatischem Akzent singen: Sie welden dich nicht finden, niemand wild dich finden, du bist bei mil…

In Gedanken ging ich noch einmal Schritt für Schritt meine Vorsorge durch. An sich hatte ich an alles gedacht. Ein Grabstein mit entsprechenden Grabaccessoires war reserviert und auch schon bezahlt, ebenso die Beerdigung. Einen tollen weißen Sarg mit Swarovski-Steinen und schöne Trauerkärtchen hatte ich ausgesucht, eine Liste derer erstellt, die zur Trauerfeier eingeladen werden sollten, eine Anzeige für die Zeitung entworfen und entschieden, wer was erben wird. Das frühzeitig zu regeln war mir wichtig, denn wie die Vergangenheit zeigte, hatte ich kein gutes Händchen bei der Auswahl potentieller Ehemänner, die sich dann um all das kümmern müssen, wenn Gott mich auf ein persönliches Date einlädt – in den meisten Fällen fand ich über Jahre hin niemanden und wenn dann doch mal jemand in die engere Wahl kam, merkte ich schnell, dass nach meinem Ableben wohl noch meine Kinder und Kindeskinder für diesen kapitallosen Taugenichts werden aufkommen müssen.

Mist! Siedend heiß fiel mir ein, dass die zusätzliche Pflegeversicherung, die ich vor einem Jahr abgeschlossen hatte und in der mein Patenkind Marcel als Erbe der zu Lebzeiten einbezahlten Summe benannt war, nur dann greift, wenn ich innerhalb der ersten drei Jahre nach Abschluss nicht durch Selbstmord dahin scheide. Ich hatte die Behandlung selbst gebucht und mich mit meiner Unterschrift mit allem einverstanden erklärt – demnach war es wohl mein eigenes Verschulden. Sorry

Marcel, dass die olle Patin sich nun nicht als Erbtante herausstellt…

Nachdem die asiatische Kampfmaschine sämtliche Fingerabdrücke mit einem Handtuch unbrauchbar gemacht hatte, trat sie noch ein wenig mit ihren Minifüßchen auf mir rum, anscheinend hatte sie das Interesse an mir verloren…
Nur so entkam ich knapp dem Honigtod.
Vielleicht wird dieses Drama eines Tages verfilmt.
Dann wäre Lucy Lui eine tolle Besetzung…

Das N in RTL steht für Niveau

Als ich zur Welt kam, gab es das Fernsehen schon, allerdings wurden dem geneigten Zuschauer lediglich drei Programme zur Auswahl bereitgestellt: Das Erste, das Zweite und das Dritte.

Wenn früher jemand fragte: Wo läuft denn heute Abend „Wetten dass…?", dann war die Antwort stets: Auf dem Zweiten.

So was wäre heutzutage unvorstellbar!

„Wo läuft denn heute Abend Emergency Room?"

„Auf dem Zweihundertachtundfünfzigsten!"

Selbst das wäre keine klare Angabe, um die beliebte Serie auch sicher finden zu können, denn all die unzähligen Sender sind bei jedem anders sortiert. Apropos, Emergency Room: Ich liebte diese Serie! All die Carters, Greens und Bentons waren im Laufe der Zeit meine Familie geworden. Man traf sich einmal die Woche, nahm teil an des anderen Leben und freute sich jedes Mal über ein Wiedersehen mit Beginn der neuen Staffel.

Nach 15 Jahren dann plötzlich die letzte Folge, ein Abschied für immer!

Was soll das? Ihr Drehbuchautoren und Regisseure könnt doch nicht einfach so mein Leben kappen! Da wird man mit der Pilotfolge angefixt, über 15 Jahre süchtig gemacht und dann so mir nichts, dir nichts auf Turkey gesetzt. Der kalte Entzug war für mich wirklich grausam und schon bald wurde mir klar, dass ich eine Ersatzdroge brauche – so wurden Serien wie Desperate Housewives zu meinem Methadon. Der Rausch ist zwar nicht mehr da, aber wenigstens lässt das Zittern und Krampfen nach.

Bei mir läuft Desperate Housewives auf der Drei. Und da wären wir auch schon bei meiner Fernsehsender-Gewichtung angelangt. Drei ist bei mir eigentlich Zwei, denn Zwei, also das frühere Zweite, fehlt. Ich weiß nicht, wo´s hin ist… die GEZ-Gebühren sind bezahlt, denn das ebenfalls ungesehene Erste ist noch da – aus nostalgischen Gründen übrigens auf der Eins. Naja, entgegen des Werbeslogans brauche ich das Zweite auch nicht, um besser sehen zu können, Gottschalk macht nicht mehr „Wetten dass…?" und mir fehlt zum Gucken von Familienshows schlichtweg die Familie.
Dafür sehe ich mir aber sonst so ziemlich alles an, was das Trivialfernsehen aus dem Keller der Geschmacklosigkeiten so zu bieten hat.

Ich selbst brauche nicht viele Sender, um glücklich zu sein. Alle unwichtigen, absolut indiskutablen, nur unter Alkoholeinfluss ertragbaren Sender liegen ganz weit hinten.
Dass ich diese Sender nicht ansehe, stößt bei einigen Mitmenschen auf Unverständnis. Es kommt vor, dass mich jemand fragt, ob ich denn am Vorabend auch die spannende vierstündige Reportage auf ARTE gesehen habe zum Thema: Hünen des Meeres als Helfer der Wissenschaft am Beispiel der Wasserassel.
„Nee, hab ich nicht…"

„Och, da hast du aber was verpasst! Ich hab´s aufgenommen, das musst du dir unbedingt ansehen!"

„Nee, lass mal, ich hab auch DVD´s über im Wasser lebende Gestalten zu Hause."

„So? Was denn?"

„Zum Beispiel Nemo und Spongebob."

„Wer sind Nemo und Spongebob?"

Autsch, das tut weh! Und es erinnert mich an diesen schlauen Professor, der vor vielen Jahren bei „Wer wird Millionär" die komplette Kohle abräumte. Seinen einzigen Joker verbrauchte er an einer Frage, die zur damaligen Zeit jeder mit mehr als vier Milchzähnen hätte beantworten können: Wer sang das Lied „Oops, I did it again".

Was nutzt mir also Wissen über Wasserasseln und anderes ARTE-Bildungsfernsehen, wenn mir letztendlich Britney Spears eine Jauch-Million einbringt?

Auch, wenn sich die Wissenssendungsgucker mir stets überlegen fühlen, so hab ich als Verfechter der trivialen Berieselungsfernsehkultur wenigstens Gesprächsthemen mit anderen Menschen. Ich hab schon unzählige Leute über den Austausch gesehener Castingtalente kennengelernt, aber noch nie hat einer mein Wissen bezüglich Wasserasseln abgefragt.

Ich glaube im Übrigen auch nicht, dass diese ARTE- und ZDF-Kultur-Seher wirklich glücklich sind mit der Wahl ihres Programms. Aber wenn man eines Tages mal, wie einst in Titanic, mit einem Bötchen kentert, kann man sich die Zeit bis zum sicheren Hungertod wenigstens mit dem angewandten Wissen über Wasserasseln vertreiben. Das nenne ich vorausschauend! Ganz schön schlau, diese Bildungsfernsehnseher!

Was tue ICH in dieser Situation, ziellos treibend im weiten Meer? Vielleicht singe ich „Oops, I did it again" oder „My heart will go on". Aber vermutlich käme ich gar nicht erst in diese verzwickte Lage, denn als mehrfacher Titanicgucker, weiß ich natürlich, dass die Rettungsboote nie für alle reichen. Da ich eine Frau bin und zudem noch sehr kindlich wirke, wäre ich definitiv nach dem Notfallhandbuch für Seefahrer eine der Ersten, die wieder heil ans rettende Ufer kommt: Frauen und Kinder zuerst!

Na, wer hat nun mehr Bildung?

Meine Kabarettkollegin und ich waren auch schon mehrfach im TV. Zuletzt waren wir beim SWR geladen, um für die Landesschau ein kurzes Live-Interview zu geben.

Nach der Ankunft um 17:00 Uhr ging´s erst einmal ins Studio zur Probe. Der Moderator probte gerade seine Anmoderationen, Kameramänner, Kabelträger, Regie und Produktionsleiterin koordinierten die unterschiedlichen Abläufe und ständig rief jemand Zahlen in den Raum: noch 30, 1 auf 3, 3 auf 2, noch 10... Ein bisschen ärgerte es mich, in Mathe nicht besser aufgepasst zu haben. Wenn ich der vielen Zahlen mächtig wäre, könnte ich vielleicht auch beim Fernsehen arbeiten.

Interessiert sahen wir uns alles genau an und durften dann erstmalig auf der berühmten roten Couch Platz nehmen. Nach kurzen Einstellungen ging´s dann in die Maske, wo zwei nette Damen ihr komplettes Jahresbudget an Makeup, Lidschatten und Lippenstift in unseren Lachfalten unterbrachten - schwer verändert oder gar schöner waren wir nach diesem Puder-Marathon zwar nicht, aber immerhin waren 20 Minuten der langen Wartezeit sinnvoll gefüllt.

Dann betraten wir wieder das Studio, in dem die Livesendung schon begonnen hatte. "44" rief die Dame mit dem Headset, was so viel bedeutete, dass wir noch 44 Sekunden hatten, um unsere Luxus-Körper auf der Couch zu drapieren und unsere geschminkten Gesichter in die Kamera zu halten.

Nach 4 Minuten war das Interview bereits beendet und wir machten uns auf den Heimweg. Besonderer Dank gilt noch dem netten Gästebetreuer und den Männern vom Schnitt, die den "kleinen" Fehler in unserem Trailer noch schnell durch Material ersetzten, auf dem tatsächlich WIR zu sehen sind und nicht bloß vom SWR angeheuerte "Schauspielerinnen", die sich einst einer unserer Kabarettnummern bedient hatten...

Es gibt Leute in meinem Bekanntenkreis – nur sehr wenige und allesamt ausschließlich deshalb zum engeren Kreis gehörend, weil ich sie bisher noch nicht erfolgreich los geworden bin – die machen mir den Anschein, diese Bildungssendungen nur deshalb anzusehen, weil sie glauben, sich damit von der Masse abzuheben – gut, das tun sie, aber das tat Catweazle seiner Zeit auch - und sie glauben, unheimlich intelligent rüber zu kommen. Dem ist aber nicht so!

Wann soll dieser unglaublich gebildete Mensch denn sein erworbenes Wissen aus Sendungen wie beispielsweise „Tunesien, die Suche nach dem Tintenfisch" jemals zur praktischen Anwendung bringen, wenn er nie nach Tunesien kommt, weil er sich die Reise nicht leisten kann, weil er beim Jauch die Million für den Flug versemmelt hat, weil er Britney Spears nicht kennt, weil das wahre Leben an ihm vorbei rauscht, weil er sich vor lauter Bildungsfernsehnguckerei vom Geschehen der Welt abgrenzt und den besagten Tintenfisch ohnehin nie zu Gesicht bekommt, weil dieser unauffindbar zu sein scheint, denn wäre er leicht zu entdecken, hätte man sich eine Reportage über die Suche nach ihm schenken können?!

Ich weiß, Bildungsfernsehnseher haben jetzt arge Probleme, mir zu folgen, weil meine Gedankengänge eher pragmatisch sind. Vielleicht mache ich zum besseren Verständnis eine vierstündige Reportage darüber.

Auf hohlen Köpfen ist gut trommeln!

Ich liebe es hingegen, meine Abende damit zu verbringen, siebtklassigen Sängern beim Vergewaltigen berühmter Songs zuzuhören. Ist euch auch schon aufgefallen, dass sich diese ganzen musikalischen Castingshows schon immer mehr zu Versammlungsstätten für Kriminelle entwickeln? Ich hab manchmal den Eindruck, dass du diesen gelben Recallzettel nur dann bekommst, wenn du ordentlich Dreck am Stecken hast. Für mich ist dieser musikalische Ausflug in die Welt der Kriminalität oft verwirrend. Hin und wieder passiert es, dass ich vor dem Fernseher einschlafe und wenn ich wach werde, weiß ich oft nicht, ob ich noch bei DSDS oder doch schon bei Alarm für Cobra 11 bin.

Klar, intellektuell gefordert bin ich bei diesem Abendprogramm natürlich nicht, aber da habe ich mein Pensum an Bildung für den Tag ja auch schon durch. Schließlich habe ich im Nachmittagsprogramm schon mit diversen Anwälten und Richtern nach Tätern gesucht und mit Frau Kallwass Menschen psychologisch betreut. Das muss reichen!

Am meisten liebe ich es aber, irgendwelchen Statisten, die für 2 mal 50 Cent von ihrem 1 Euro-Job weg gelockt wurden, dabei zuzusehen, wie sie vom Teleprompter gefakte Aussagen zu gefakten Geschichten ablesen. Das ist so schlecht, dass es fast schon wieder genial ist.

Ich liebe ja auch Talkshows! Besonders die von Britt, weshalb der zuständige Sender auf meiner Programmliste auch auf der Vier liegt. Da kann ich richtig entspannen, wenn ich in der Welt der öffentlich ausgetragenen Familienstreitigkeiten und Vaterschaftstests versinke…
Das Prinzip ist immer das Gleiche! Für 200 Euro und Häppchen werden selbst die peinlichsten Peinlichkeiten ausgepackt.

Moderator: „Chantalle, dann erzähl doch mal, warum du heute hier bist."

Chantalle: „Also, der Murat, der war mal bei mich, damals, als ich noch bei mein Eltern gewohnt hab. Un dann war ich irgendswie total schwanger, ne. Und auf einmal, da war mein Kind, der Ronnie, plötzlich irgendswie da. Jo und der Murat war weg, ne. Ey, hab ich auf Handy probiert für anzurufen, ne, aber nix, ne, ey, wie von Erdboden weggesaugt, ne. Jo. Un jetz will ich endlich die Aldiletten für mein Ronnie bezahlt ham, verstehse?"

Moderator: „Murat sagt, dass da nie etwas zwischen euch war. Er wäre nur mal mit dir bei McDonalds gewesen."

Chantalle: „Ey, dat ist ne total falsche Überstellung. Dat stimmt überhaupt nicht. Ich hab überhaupt seit 7 Jahren kein Kontakt mehr zu McDonalds. Ey, vor 6 Jahren, ne, beim Gerichtshandlung, wo der Murat garnich erschienen ist. Und dat Gericht hat in Effekt beschlossen, ganz einfach weil sein Freund Lars hat gesagt, der wusste in der Schwangerschaft, dat er nich überhaupt ist, obwohl dat überhaupt nich stimmt, verstehse?"

Ich versteh´ nix! Das ist aber auch nicht wichtig bei Talkshows. Wichtig ist, dass irgendwer nicht weiß, von wem er schwanger ist. Wenn dann noch die Begriffe Knast, GoGo und Lügendetektor fallen, ist die Mittagsunterhaltung perfekt!
Nach solch einer verwirrenden Talkshow wird es dann Zeit für Rang Fünf der Senderliste – dort werden nachmittäglich Menschen von Kameras begleitet, wie ich finde, ein kleines Kunstwerk der Fernsehunterhaltung.
Besonders schön: Der Fall der 17jährigen Pauline-Antonia, die zu Beginn dieser amüsanten Sendung mit einem negativen Schwangerschaftstest aus dem Bad in ihr pinkfarbenes Jugendzimmer stöckelt:

„Negativ, ey negativ, ich weiß, was das heißt. Das heißt schlecht"
Scheiße! Ich bin schwanger!
Dabei hat meine Mutter noch extra gesagt: Pauline-Antonia, du kannst alles werden, nur nicht schwanger. Naja...vielleicht bin ich ja auch nur ´en bisschen schwanger. Aber besser, ich bereit mich schon mal vor auf mein Baby. Hab mir extra so ´en Buch besorgt. Da steht alles drin, was man als Gebärmutter wissen muss.

Also: 1. Errechnen Sie den Geburtstermin und legen Sie einen Schwangerschaftskalender an!

Hm...also, ich bin am 6. Juli geboren – Komisch, genau an meinem Geburtstag... Ein Schwangerschaftskalender?

Okay: Januar, Februar, März, April, Juni, September, Dezember. So, das wär geschafft.

2. Bauen Sie eine Verbindung zu Ihrem Kind auf!

Okay, ey, Baby, soll´n wir nachher mal aufe Piste gehen? Ich wollte vorher noch aufe Sonnenbank. Gehste mit? Hm... dann creme ich den Bauch aber besser ein, sonst hat mein Baby nachher Streifen. Gut, dass das Kind im Bauch versteckt is, dann wird's wenigstens nich geklaut.

3. Achten Sie auf eine gesunde Ernährung!

Okay, also nur noch Eier von freilaufenden Bauern. Fische legen auch Eier – die russischen sogar Kaviar. Ab jetzt gibt´s kein Fleisch mehr, weil wennste kranke Kühe isst, krisse ISDN. Ich ess eh lieber Milchreis mit Apfelkompost.

4. Legen Sie einen Impfkalender an!

Ja ey, impfen is voll wichtig. Ich bin auch geimpft...aber nich getauft. Gut dann mach ich ´ne Impfung gegen Katzenseuche, Masern, Erkältung und noch ´ne Wurmkur. Muss ich das Kind eigentlich auch kastrieren lassen? Hm... Hier steht was von U1-U6. Scheiße, wir ham gar keine U-Bahn. Naja, fahr ich halt mim Bus. Hoffentlich hält der auch vorm Amt. Ich muss da nämlich noch den Mutterpass beantragen.

5. Entscheiden Sie sich, ob Sie stillen wollen!

Stillen is echt cool. Da geben Frauen Milch ohne Gras zu fressen. Meine Mutter stillt auch. Die hat einäugige Zwillinge bekommen, die sehn sich vielleicht ähnlich...besonders das eine...

7. Bleiben Sie gelassen bei Schwangerschaftsbeschwerden!
Ey, wer soll sich denn da beschweren...Geht doch keinen was an.

8. Halten Sie die Vorsorgeuntersuchungen ein!
Na, für Vorsorge isset jetz ja wohl zu spät.

9. Richten Sie Ihre Wohnung kindgerecht ein!
Hm... Am besten mach ich das mit dieser neuen Methode aus Japan...Sheng Pfui heißt die. Da musst du nach Adern suchen, in denen kein Blut, sondern Wasser ist. Hoffentlich hab ich so was, sonst muss ich nachher noch umziehen.

10. Sichern Sie sich und Ihr Kind finanziell ab!
Dann muss ich mir en guten Job suchen. Ich könnte Model werden. Vielleicht bekomm ich einen von den leichten Jobs, wo ich nur im Schaufenster stehen muss. Oder ich werd Superstar. Von meinem Vater hab ich nämlich ´ne künstliche Ader geerbt. Kinder kosten ja auch echt sau viel Geld. Aber ich bin ja nicht doof. Ich hab nämlich schon alle Weisheitszähne. Weil ich kann fürs Baby ja auch gebrauchte Sachen nehmen. Die Pampers zum Beispiel könnte ich bei ebay ersteigern und hinterher auch da wieder weiterverkaufen. Das spart Geld und Müll. Und weniger Müll is auch viel ökumenischer. Und so ´en Kind braucht ja verdammt

viele Pampers. Weil das muss ja 3-4 mal gewickelt werden in der Woche."

Süß, die jungen Dinger, oder!? So unbedarft… Naja, mit spätestens 24 wird Pauline-Antonia einen ganz Stall voll Bälger haben, dann weiß sie hoffentlich, was zu tun ist. Und wenn nicht, kommt einfach die Supernanny vorbei, alle sitzen auf der stillen Treppe und schon wird die ganze Bande zur Super-Vorzeige-Familie – so wie die von Ursula von der Leyen oder wie die Klums!

Ich persönlich hab ja einen Heidenrespekt vor Heidi Klum! Naja, Respekt ist vielleicht das falsche Wort… Es ist mehr ein Gefühl von Angst. Ja, ich geb's zu: Ich habe Angst vor Heidi Klum, dieser Top-Model-Domina! Ich trau mich kaum umzuschalten und bin wie paralysiert, wenn sie mit spitzer Nase so dermaßen supi-professionell ist und die ganze Zeit über alle vier mageren Backen lacht. Meine Affinität zu Heidi geht sogar so weit, dass ich ein Bild von ihr an meinem Kühlschrank hängen habe, so als Dünnspiration.

Bald kommt ja auch dann wieder „Das Supertalent". Da freu ich mich schon riesig drauf. Auf einer inoffiziellen Internetseite hab ich gelesen, was uns diesmal an Begabung erwartet:
Der 92 jährige Willi, der mit seinen beiden verbleibenden Zähnen das Geräusch von aneinander reibendem Styropor nachahmt und die 3 Monate alte Loredana-Cheyanne, die auf 300 verschiedene Arten nach Urin riechen kann. Gut, das ist für'ne CD nicht so toll, aber live kommt das bestimmt richtig gut.

Schade, dass Big Brother nicht mehr kommt! Nee, was hatte ich Spaß damit! Ich habe sogar mal davon geträumt.

Ausgangspunkt war, dass meine Kabarettkollegin mich nominiert hatte und ich meinen Alu-Koffer packen und die Weibsbilder verlassen musste. Schweißgebadet wachte ich damals auf und wurde über Wochen hin den Gedanken nicht mehr los, was ich wohl tun könnte, wenn sich unser Duo auflösen würde.

Ich müsste halt was anderes finden, wo ich für genauso wenig Körper- und Gehirneinsatz genauso viel Kohle bekomme.

Ich könnte ja auf den Zug des holländischen Käsequälers John deMol aufspringen, der Macher von Big Brother.

Schön wäre doch ein Format wie „Popping Queen". Eine Handvoll williger Damen bekommt je 500 Euro für Schwangerschaftstests und eizellenstimulierende Hormonspritzen und hat dann 4 Stunden Zeit, sich von Prominenten in Besenkammern und Teppichgeschäften Kinder machen zu lassen. Ob Guido Maria Kretschmar dann aber noch viel kommentieren kann, ist fraglich.

Wie wär´s denn damit: Der Bachelor könnte als Frauenarzt eine Quizshow moderieren: Eizellen-Bingo. Wer zuerst 5 in der Horizontalen hat, bekommt eine Rose und darf sein Glück beim Jauch-Abitur bei RTL versuchen.

Interessant fände ich auch ein Format ... ja wie nennen wir´s... genau: Massenmenschhaltung. 500 Menschen auf 10 qm zusammengepfercht, werden gemästet und hacken sich aus psychischen Gründen irgendwann gegenseitig die Augen aus. Da braucht man keine lästigen Wochenaufgaben. Da kommt der Spaß von ganz alleine auf.

Um es noch spannender zu machen, lassen wir das Ganze auf einem Bötchen auf offener See stattfinden – Titelmelodie „My heart will go on", der Romantik wegen.

Wo wir gerade bei „Titanic" sind, habt ihr auch schon die neue Kino-Version davon gesehen?

Ich schon. Ich bin in freudiger Erwartung ins Kino gestürmt, weil ich diesmal echt an ein Happyend geglaubt hatte. War aber nix! Die sind schon wieder verunglückt! Ich versteh´s nicht... wo´s doch durch die Erderwärmung angeblich kaum noch Eisberge gibt.

Und was soll eigentlich diese ganze Romantik in dem Film? Von einer Rose und einem Jack steht in meinem Geschichtsbuch aber nix, zumindest nicht im Inhaltsverzeichnis, mehr hab ich in dem Ding noch nicht gelesen. Ich lebe im Hier und Jetzt und will meine kostbare Zeit weder lesend noch guckend mit der Vergangenheit verplempern. Wer wann wo mal Kaiser oder König war, kratzt mich nicht. Die Wissenssendungsseher sind immer furchtbar stolz darauf, wenn sie sämtliche amerikanische Präsidenten in der chronologisch richtigen Reihenfolge aufzählen können. Na und? Das kann ich mit den Gewinnern von Big Brother auch!

In meinem Wissen um Bau und Fall der Berliner Mauer hab ich mit Sicherheit große Lücken, aber ich erinnere mich noch genau an das Gefühl, das ich empfand, als ich im Fernsehen die Bilder derer sah, die nun endlich in Freiheit leben konnten. Na gut, eigentlich war´s mehr vom Regen in die Traufe, aber der Freiheitsgedanke hat doch rückblickend viel Romantisches. Darüber hinaus gibt mir der Austausch mit „echten Ossi" wesentlich mehr, als nur über sie gelesen zu haben.

Wo die kostenlose Scheibe Wurst aufhört, fängt der Ernst des Lebens an

Der Osten und die „neuen" Bundesländer sind im Übrigen meine liebsten Auftrittsorte. Ich bin gerne dort, ich mag die Unkompliziertheit der Menschen, die da leben und sprachlich komme ich dank der vielen östelnden Talkshowgäste aus Sachsen und Umgebung, ganz gut klar. Unsere erste mehrtägige Tour in den Osten Deutschlands wird mir wohl immer in Erinnerung bleiben.

Nach einem ausgiebigen Frühstück machten wir uns schon zeitig auf den Weg nach Plauen - einmal durch Bayern und schon waren wir in Sachsen (´tschuldigung, dem Vogtland).

Auf der Fahrt dorthin hielten wir kurz an, um uns vor dem Hungertod zu retten. An der Kasse der Raststätte, die übrigens sehr dem Kölner Hauptbahnhof glich, kam es dann zu einem Vorfall, der unser Weltbild erschüttern sollte!

Unsere angeborene Misanthropie richtet sich ja gewöhnlicherweise nur gegen Kinder, Eltern, Verheiratete, Singles, Privatversicherte und Kassenpatienten etc. - nie-niemals-nicht aber würden wir es ablehnen, einem älteren Menschen über die Straße zu helfen oder Omis Einkaufstüten heimzutragen! Und dann das: In der

Kassenwarteschlange der Raststätte stehend werde erst ich von einem harmlos aussehenden Rentner-Pärchen abgedrängt. Dann knöpften sie sich meine Kabarettkollegin vor und drohten ihr mit der zu einer Waffe gerollten Feiertagsausgabe der Bildzeitung! Irgendwie dejavute es in mir... Hab ich die beiden nicht schon mal gesehen? Sind das nicht die kriminellen Fishermens aus Dirty Dancing? In jedem Fall muss ich mein Senioren-Bild noch einmal überdenken...

Am nächsten Tag musste dringend Körperpflege her! Ganzkörperpeeling, Sauna und Honigmassagen (warm!) machten uns fit für die Fahrt nach Oelsnitz, wo wir für den Kabarettpreis "Oelsnitzer Barhocker" nominiert waren. Am Auftrittsort angekommen, richteten wir uns zunächst häuslich ein, um dann Hausmeister, Techniker und Veranstalter ordentlich auf Trab zu halten. Während wir versuchten, dem Sächsischen langsam aber sicher mächtig zu werden, bemerkten wir gar nicht, dass wir gerade die Einzigen waren, die seltsam sprachen.
Nach dem Einchecken im Hotel und der Rückfahrt zum Veranstaltungsort mussten wir Essensliebhaber dann mit Erschrecken feststellen, dass unsere bereitgestellten belegten Brötchen verschwunden waren. Nach eingehender Untersuchung aller Tatverdächtigen nach Butterspuren an den Fingern oder Brotkrümeln um den Mund herum, konnten wir die Täter aber noch nicht stellen...

Um 19:00 Uhr begannen wir mit unserem Programm, gleichzeitig spielte ein anderes Duo eine Etage unter uns (also... tiefer...). Nach getaner Arbeit nahmen wir

die "Konkurrenz" genauer unter die Lupe. Wir gingen nach streng festgelegten Kriterien vor:
- Optik und Ausstrahlung
- Sexappeal
- Körpermaße
- Rasierwasser
- Haarlänge
- Farbe und Marke des Autos
- Raucher/Nichtraucher

Das erste Duo, bestehend aus zwei älteren Männern, welche gleich nach uns spielten, könnte uns gefährlich werden, was Rasierwasser und Körpermaße anbelangt, aber die Farbe unseres Tourbusses müsste das eigentlich wieder wett machen.
Das zweite Ensemble war schon größere Konkurrenz, denn neben den Punkten "Raucher" und "Rasierwasser", wollte mir der ältere der beiden auch noch haartechnisch die Butter vom Brot nehmen (Apropos Brot und Butter? Wo ist unser Essen???)

Nun gut! Wir mussten also alles auf eine Karte setzen: Sexappeal und Optik - also erst mal ordentlich Schminke über die faltenfreie Haut - gut, dass wir die freie Zeit vom Vortag nicht wie die anderen mit Auftrittsvorbereitungen verschwendet hatten, sondern der ausgiebigen Körperpflege widmeten.

Nach einem feucht-fröhlichen Abend *hicks* genossen wir den kurzen Schönheitsschlaf, um dann ausgeruht und froh gelaunt zum Soundcheck zu fahren.
Nach einer ausgiebigen Diskussion mit den Männern vom Ton über die bekannten Technik-Philosophen

AKG und Sennheiser, besuchten wir ein Restaurant - die Suche nach den Brötchen vom Vortag hatten wir mittlerweile eingestellt.

Um 19:00 Uhr begann die Veranstaltung. Zunächst zeigte ein musikalisches Duo sein Können, anschließend trat ein weiteres Duo auf (Moment mal: Kommen da Brötchenkrümel aus der Trompete?).

Dann wurde es ernst! In gewohnter Weibsbilder-Manier rockten wir die Bühne. Wir hatten einen Riesenspaß!!!

Es war ein wundervolles Wochenende mit wundervollen Menschen! Selten schlägt einem so viel Lebensfreude, Hilfsbereitschaft und Freundlichkeit entgegen wie dort!

Also, ihr Bildungsfernsehnseher und Geschichtsbuchleser, seht es endlich ein, der Krieg ist um, beschäftigt euch nicht mehr damit, denn wenn ich eins beim Überfliegen meines Geschichtsbuchs gelernt habe, dann, dass es immer gebildete Menschen waren, die sich für Krieg und Zerstörung verantwortlich zeigten. Ich bin also quasi total ungefährlich.

Früher gab´s keine Geschichtsbücher und die Menschen haben trotzdem überlebt. Ich erinnere mich an einen Abend, an dem ich mit Freunden ins Kino fahren wollte. Der Opa fragte „Was wollt ihr denn gucken?"

„Titanic."

„Tictanic?", fragte der Opa erstaunt und konnte sich keinen Reim darauf machen.

„Nee Opa, nicht Tictanic, Titanic. Das mit dem Schiff, das untergegangen ist. Dabei sind sehr viele Menschen ertrunken und im Wasser erfroren."

Das hätte ich besser nicht gesagt! Der Opa machte ein ganz bekümmertes Gesicht und merkte an, dass darüber in den Nachrichten gar nicht berichtet wurde. Ich habe dann versucht, dem Opa zu erklären, dass dieser Vorfall schon ein Weilchen zurückliegt und es damals noch keine Nachrichten gegeben hat. Dennoch war ich etwas verwundert, dass er noch nie davon gehört zu haben schien, denn zeitlich war er ja nun deutlich näher am Geschehen als ich. Aber ein Blick in Opas Gesicht beruhigte mich wieder. Er war einfach nur froh, dass das Schiffsunglück nicht gerade erst passiert war und er bis dato auch nichts davon gewusst hatte.

Ich bin natürlich nicht aus geschichtlichen Gründen zum Titanic gucken ins Kino gegangen. Ich war einfach damals schon ein Riesenfan von Leo Süßschnut-DiCaprio. Alle dachten immer, es ginge um die reine Optik, die mich an diesen Mann fesselte, aber ich für mich wusste, dass es sein absolutes schauspielerisches Ausnahmetalent war, das mich faszinierte – wobei ich seine Bitte um eine heiße Nacht mit ihm natürlich nicht ausgeschlagen hätte…
Ich warte übrigens schon die ganze Zeit sehnsüchtig auf die globale Erwärmung, von der immer die Rede ist. Ich gebe die Hoffnung nicht auf, dass mein Leo eines Tages auftaut und es dann doch noch ein Happyend für Rose und Jack geben wird.

DiCaprio spielt so überzeugend, dass sogar meine Mutter, eine überaus realistische Frau, Probleme damit hatte, zu erkennen, was denn nun real und was gespielt ist. Der erste Film mit Leo, den ich mit meiner Mutter ansah, war „Gilbert Grape – Irgendwo in Iowa". Er spielt dort einen geistig behinderten Jungen. Mein Muttchen war auch sehr angetan von der darstellerischen Leistung.

Einige Jahre später wollten wir uns die Neuverfilmung von „Romeo und Julia" ansehen. Während ich die DVD in den Rekorder schob, fragte sie, wer denn im Film mitspiele.

„Den Romeo spielt Leonardo DiCaprio, weißt du noch, der, der in Gilbert Grape den Arnie gespielt hat."

Meine Mutter hielt kurz inne und fragte dann:

„Ist das nicht ein bisschen gewagt, den Romeo mit einem behinderten Jungen zu besetzen?"

Damit wäre DiCaprios Talent ja wohl vollends bewiesen!

Natürlich habe ich alle Filme, in denen Leo mitgewirkt hat, hier zuhause liegen! Auch Titanic, wobei wir uns hier auf dem schmalen Grad zwischen geschichtlicher Aufarbeitung und Hollywood-Blockbuster befinden, der uns Zuschauern das Geld aus der Tasche ziehen soll.

Was vernünftige Fernsehunterhaltung betrifft, da haben wir Deutsche zugegebenermaßen doch deutlich mehr zu bieten. Statt Jack und Rose auf einem Luxusdampfer haben wir Deutsche Bauer Josef und Narumol, die mit dem Traktor in den Hafen der Ehe schiffen… äh… schippern. Die beiden sind wenigstens echt! Richtig reale Menschen, so wie du und ich – vom Leben gezeichnet und nicht die Hellsten. Das ist es, was ich sehen will! Ich will knallharte Realität!

Um mich zu unterhalten muss der Hauptakteur einer Dokusoap aber mal mindestens von Wölfen großgezogen worden sein oder zumindest das harte Schicksal tragen, dass er früher beim gemeinsamen Baden mit den Geschwistern immer auf´m Stöpsel sitzen musste.

Das Schöne am deutschen Fernsehen ist ja, dass man solche echte Menschen auf jedem Sender und zu jeder Uhrzeit zu sehen bekommt.
Selbst diese ganzen Castingshows dienen schon lange nicht mehr dem Zweck, neue Talente zu finden. Gewinnen tut doch sowieso der, der mit seiner schlimmen Vergangenheit die meisten Zuschauer ins Taschentuch rotzen lässt.

Apropos Nasenrotz, die besten Chancen, ganz groß raus zu kommen hast du, wenn du irgendetwas Ekliges kannst. Habt ihr den Kerl beim Supertalent gesehen, der mit seinem Rektalgebläse Puderzucker auf den Kuchen pusten kann? Pupsen ist tatsächlich ein Talent! Damit kannst du ganz groß rauskommen, damit kannst du ganze Stadien füllen, das kannst du sogar auf CD pressen – gibt sicher ein paar abgefahrene Alt-68ger, die sich das zu Meditationszwecken kaufen.

Dann gibt's noch Menschen, die für den Gewinn einer Castingshow eklige Sachen essen… oder auch gar nix essen, so wie bei Germanys Next Topmodel. Da hatte ich mich auch mal beworben.
Heidi meinte nach meinem Laufstegauftritt: „Deine Attitude beim Editorial-Walk war mir nicht edgy genug und beim Casual-Shoot warst du weder in-time noch in-shape…" Ich gebe zu, ich habe jetzt nicht alles verstanden, aber ich hatte in der Schule ja auch kein Französisch – gut, hatte ich schon, aber ich war nie da. Was soll´s, werde ich halt kein Model, ich habe ja auch noch

andere Begabungen – wenn jemand ein bisschen Puderzucker hätte, würd ich´s euch zeigen…

Der europaweite Fäkalpakt – Jeder kümmert sich um seinen eigenen Scheiß

In meiner Familie wurde stets viel ferngesehen. Als ich noch ein Kind war, interessierte mich weniger das, was in der Flimmerkiste lief, als vielmehr das, was an Reaktionen meiner Familienmitglieder beim Anschauen sichtbar wurde. Ich sehe noch immer meine geliebte Oma in ihrem Fernsehsessel sitzen, bekleidet mit Kittelschürze, Thrombosestrümpfen und Lockenwicklern. So saß sie jeden Nachmittag zur selben Zeit im Wohnzimmer und sah mit Hingabe Telenovelas aus fremden Ländern, mit fremden Menschen, die mit für die Oma völlig fremden Problemen zu kämpfen hatten.

Ich musste auch gar nicht zum Fernseher hinsehen, denn an Omas Mimik war deutlich erkennbar, was Lucelia und Miguel gerade erlebten. Gab es Intrigen, sah man bei der Oma ein empörtes Augenbrauenhochziehen, begleitet von einem kaum hörbaren Schmatzen. Befanden sich die Akteure mal wieder in einem Krankenhaus, weil eine der Figuren plötzlich aus ihrem 10jährigen Koma erwacht war, schüttelte sie verwundert den Kopf, als würde ihr diese Dramaturgie aufgrund von Unglaubwürdigkeit nicht zusagen. Und wenn die Oma spontan umschaltete, wusste ich, dass Lucelia und Miguel Sex hatten oder sich küssten, von beidem wollte die Oma nicht, dass ich es sehe.

War die Sendung für diesen Tag zu Ende, legte sie die Fernbedienung beiseite, um ihrer Hausarbeit nachzugehen – Kittelschürzen waren nämlich nicht nur ein stylisches Oma-Accessoire, sondern die Grundlage einer jeden gelungenen Putzaktion.

Die beiseitegelegte Fernbedienung blieb aber nicht lange besitzerlos. Der Opa betrat bedächtig und betont langsam das Wohnzimmer. Niemals hätte er die Fernbedienung selbst benutzt, ich bezweifle, dass er überhaupt mit dieser „Macht" umzugehen wusste, die Oma hatte ihm nach ihrem täglichen Ausflug in die brasilianische Welt der Telenovelas schon den für ihn richtigen Sender eingestellt – Bundestagsdebatten. Ich weiß bis heute nicht, was den Opa so daran faszinierte. Ich jedenfalls verstand kein Wort (und tue es heute noch nicht, eine böse Folge des verpassten Bildungsfernsehens). Vielleicht hat es ihn auch gar nicht wirklich interessiert, er war nur nicht imstande gewesen, eigenständig umzuschalten.

Waren die Debatten zu Ende, musste der Opa das Gehörte erst einmal überdenken. Wiederum betont langsam und bedächtig schlich er in den Garten, um eine Zigarre oder wahlweise eine Zigarette zu genießen. Sowohl der Arzt als auch die Oma hatten ihm das streng untersagt, litt der Opa doch schon seit Jahren an durch Kalk verengten Beinvenen.

Damals habe ich selbstredend noch nicht geraucht – wohl aber schon im zarten Alter von vier Jahren einmal an einer Zigarette gezogen. Mein Nichtraucher-Papa hat sich noch nicht entschieden, ob nun das der Auslöser dafür war, dass ich heute nur schlafend keine Zigarette in der Hand halte oder ob es doch daran lag, dass meine Mutter einen Tag vor meiner Geburt an einer Zigarette gezogen hatte.

Das nehme ich meinem Muttchen nicht übel, denn über den im Streit leichtfertig dahin gesagten Satz „Ich wünschte, du wärst schon im Krankenhaus", ausgesprochen vom eigenen Bruder, kann man sich schon mal so aufregen, dass nur noch der Zug an einem Glimmstängel das Einsetzen vorzeitiger Wehen unterbinden kann. Außerdem hat das Muttchen ja schließlich neun Monate gänzlich rauchfrei verbracht, was ich aus heutiger Sicht eines Rauchers, als wahren Liebesbeweis ans ungeborene Leben zu schätzen weiß.

Der arme Opa war also in der gleichen verzwickten Situation, wie ich Jahre später als Teenager – immer auf der Hut, nur ja nicht beim Qualmen erwischt zu werden. Hätte ich damals schon gewusst, was ich mit 15 dann regelrecht perfektionierte, hätte der Opa von meinem Wissen durchaus profitieren können.

Aber er war nun mal auf sich alleine gestellt und beging die typischen Anfängerfehler. Zuviel Mundwasser und Aftershave machen wachsame Eltern oder in seinem Fall die Ehefrau misstrauisch. Dummerweise benutzte er immer seine Pantoffeln, um die Zigarren und Zigaretten auszutreten und hinterließ so nicht nur auf den Steinen im Garten, sondern auch an den Hausschuhen Beweismaterial, für das nur schwerlich plausible Ausreden gefunden werden konnten.

Die hastig ausgetretenen Kippen landeten in der grauen Tonne, wo Sherlock-Oma sie natürlich problemlos finden konnte.

Das größte Risiko erwischt zu werden, bestand aber darin, dass der Opa qualmte und der entstandene Rauch bei ungünstigem Wind am Küchenfenster vorbei zog, wo die Oma gerade spülte oder Pril-Blumen von Prilflaschen abpiddelte.

Dennoch glaube ich rückblickend, dass der Opa unter weit größerem Druck stand, als er mir als rauchendem Teenager zu Teil wurde. Ständiges Schimpfen hätte mich wohl auch nicht davon abgehalten, das Rauchen aufzugeben. Es ist halt… ein Hobby, irgendwie.

Ich weiß, dass ich auch rauchfrei leben kann. Das hab ich die ersten 14 Jahre meines Lebens doch auch geschafft. Mein Vater sagt immer, das Rauchen ist das schlechte Erbgut, das meine Mutter mir mitgegeben hat. In deren Familie hat nämlich nicht nur der Opa gequalmt, sondern alle – bis auf die Oma. Mein Vater war als eiserner Nichtraucher oft so zugequalmt, dass er einige Geschwister meiner Mutter erst nach Jahren auf der Couch hat sitzen sehen.

Viele Nichtraucher weisen ja immer auf das Finanzielle hin. Was man da alles an Geld spart… Ich bitte Sie: Ich kenne keinen Nichtraucher, der jeden Tag 10 Euro in sein Sparschwein steckt.

Außerdem kann ich mir das Rauchen leisten.

Seit die Zigaretten so immens teuer geworden sind, ist ja Rauchen plötzlich was für Besserverdienende. Und ich verdiene besser. Jedenfalls genug, um mir das Rauchen leisten zu können. Das Rauchen ist also quasi meine Fahrkarte in die High Society. Was mir das für Möglichkeiten eröffnet! Vielleicht sieht mich eines Tages irgendein Königssprössling und denkt sich: Wow, die raucht, die ist bestimmt auch von Adel. Und dann bin ich plötzlich Prinzessin, besteige ein paar Jahre später als Königin den Thron und regiere. Hach, das wird toll!

Mal davon abgesehen, dass ich schon bald winkend auf einem Balkon stehe und nicht mehr zu tun habe, als mein Krönchen spazieren zu tragen, hat Rauchen bei genauerem Hinsehen nur Vorteile.

Wissen Sie eigentlich, wie wichtig das Rauchen ist? Es fördert die Verdauung und macht enorm schlank. Gut, manchmal verliert man statt ein paar Pfunden an den Hüften auch schon mal das ganze Bein…aber damit helfe ich doch im Prinzip allen anderen. So ein Arzt verdient ´ne Menge Kohle an meinem amputierten Bein. Da kann der sich locker einen Sportwagen von leisten. Und, wenn ich aufgrund fehlender Körperteile für die Arbeitswelt nicht mehr zu gebrauchen bin, schafft das wieder einen neuen Arbeitsplatz.

Raucher sind also sehr sozial eingestellte Menschen, die das Wohl anderer über die eigene Gesundheit stellen. Wenn also Rauchen nicht total christlich ist, dann weiß ich es auch nicht. Alkoholismus ist doch viel schlimmer! Ich hab jedenfalls noch nie einen Raucher gesehen, der im Zigarettenrausch seine Mitmenschen erschlägt.

Laut diverser Studien verkürzt jede Zigarette das Leben um 9 Minuten. Wenn ich mich nicht verrechnet habe, müsste ich demnach 1876 verstorben sein.

Warum sollte ich also das Rauchen aufgeben? Weil meine Lunge dann unschön aussieht? Ich meine, wie sieht denn eine gesunde Lunge aus? Ein blutverschmierter, sich zusammenziehender Fleischklops…mitten in meinem Körper… bah… wenn das nicht schon eklig genug ist…. da ist mir doch wurscht, ob das Ding rosa oder schwarz ist. Einen Verbesserungsvorschlag hätte ich aber noch, um zumindest die Gelegenheitsraucher vom Qualmen abzuhalten. Statt schreckliche Fotos von schwarzen Lungen oder amputierten Gliedmaßen auf die Verpackung zu drucken, wäre der Hinweis darauf, dass 3,67 Euro einer jeden Schachtel an unsere Regierung gehen, deutlich effektiver. Ich habe mir vor Jahren mal den Scherz erlaubt, bei der Polizei anzurufen und verzweifelt keuchend ins Telefon zu schreien: „Wir sind in den Händen skrupelloser Verbrecher!"

Auf die Frage des Polizeibeamten, wo wir uns befinden und wie viele wir sind, gab ich zur Antwort: Wir sind 80,5 Millionen und befinden uns in Deutschland.

Ewig währt am längsten

Am besten schmecken die Zigaretten ja immer nach dem Sex. Gut, wenn es danach ginge, wäre ich Nichtraucher.

Ja, toll, jetzt ist es raus! Ich bin Single! Haha! Keine Ahnung, warum ausgerechnet ICH noch immer wie ein 99 Cent-Artikel auf dem Wühltisch des Lebens liege – ist halt so. Und um mich herum sind ja alle so was von happy. Gerade letztes Wochenende war ich wieder auf einer Hochzeit, die dritte in diesem Monat. Ich hasse das! Also nicht das Heiraten an sich. Ich würd auch gern heiraten, gern auch öfter.

Was ich hasse, sind diese Brautpaare, die tatsächlich glauben, Sie wären die ersten im Universum, die auf diese wahnwitzige Hochzeitsidee gekommen sind. Schlimm genug, dass man ungefragt als Freundin in sämtliche schwachsinnige Hochzeitsvorbereitungen mit einbezogen wird. Kann nicht einfach mal jemand sagen „Ja, ich will", ohne, dass im Vorfeld über Blumen, Sitzordnungen und Essen diskutiert wird? Ich dachte, die hochzeiten alle aus Liebe und nicht wegen dem Drumrum… zumindest verkaufen sie mir das so.

Und was das mich als Single alles kostet. Ich hab´ das mal hochgerechnet.

Ich muss ja zu sämtlichen Anlässen Geschenke kaufen:

Verlobung

Polterabend

Junggesellen-Abschied

Standesamtliche Trauung

Kirchliche Trauung

Bei guten Freunden gebe ich da schon pro Anlass 100 Euro aus – macht also zusammen: 500 Euro. Bei drei Hochzeiten in einem Monat, bin ich dann schon bei 1500 Euro.

Geheiratet wird üblicherweise ja dann, wenn das Wetter Sonne verspricht, also von Mai bis September, das sind zusammen 5 Monate – also 1500 Euro mal 5 Monate macht 7500 Euro für mich pro Jahr. Da frage ich Sie, wofür gehe denn ich eigentlich arbeiten??? Als Single habe ich doch sowieso schon jede Menge Abzüge.

Und mit dem Heiraten ist es ja auch nicht getan!

Sobald die sich das Ja-Wort gegeben haben, setzen die ja auch gleich nach dem Hochzeitstanz und diesen dümmlichen Party-Spielen schon das erste Plaach an. Naja, lieber hochschwanger als niederträchtig…

Das heißt für mich:

Babyparty

Geburt

Taufe

Auch, wenn ich ja zu den Menschen gehöre, die unter Bambinophobie leiden, bei solchen Anlässen halte ich 50 Euro durchaus für angemessen.

Macht also dann noch mal 150 Euro. Das Ganze jetzt mal drei – denn keine Frau gebärt allein, da gibt es immer ein kollektives Pille-Absetzen, weil's ja sooo schön ist, gemeinsam schwanger zu sein – macht also zusammen noch mal 450 Euro.

Dazu kommen noch die Geburtstage der Freundin, ihres Mannes – dem ollen Altargeschenk – und des Kindes, also macht das noch mal 150 Euro. Damit aber noch nicht genug der Abzocke!

Wenn ich meine Freundin sehen will, dann muss immer ich zu ihr, denn sie kann ja wegen dem Kind nicht weg. Und wenn man Menschen besucht, dann ist es nur höflich, ein Gastgeschenk mitzubringen. Auch, wenn ich eigentlich nur die Freundin besuchen will, wird es als natürlich vorausgesetzt, dass ich der Rotznase auch was Schönes mitbringe. Also noch mal 50 Euro für meine Gastgeschenke, das Ganze mal 4 – denn einmal im Quartal muss man sich ja schon da blicken lassen – macht also insgesamt noch mal 200 Euro. Das jetzt mal 15, denn so viele meiner Freundinnen heiraten und pflanzen sich fort innerhalb eines Jahres, macht dann schlappe 3000 Euro.

So, dann wollen wir mal Peter-Zwegat-mäßig zusammen rechnen:

Bei 15 Hochzeiten im Jahr macht das 7500 Euro, Ausgaben für Babykram 450 Euro, Geburtstagsgeschenke 150 Euro, Ausgaben für Gastgeschenke 3000 Euro, macht: 11.100 Euronen für mich pro Jahr! Das ist umgerechnet in Handtaschen eine halbe pinkfarbene, riesig große Kellybag.

Jetzt zu meinen Einnahmen:
Ich verdiene in meinem Job 12 Euro die Stunde.
Bei 365 Tagen im Jahr macht das abzüglich der Wochenenden, der Urlaubstage und der gesetzlichen Feiertage 220 Arbeitstage im Jahr, sofern ich nicht krank werde.
Pro Tag arbeite ich 8 Stunden, also 220 Arbeitstage mal 8 Stunden macht 1760 Arbeitsstunden, die mal 12 Euro Stundenlohn macht 21120 Euro Einnahmen pro Jahr.

Davon gehen für mich als Single 50 % Steuern ab, also Einnahmen geteilt durch 2... bleiben mir Summa-Summarum 10.560 Euro.

Beim Gegenüberstellen von Einnahmen und Ausgaben stellen wir also fest, dass ich 540 Euro Schulden für anderer Leute Zukunftsplanung mache und das jedes Jahr! Und ich möchte betonen, dass es sich hierbei um ein Jahr handelt, in dem ich weder gegessen, getrunken noch gewohnt hab!

Fazit: Das Glück anderer Menschen ruiniert mich nicht nur emotional, sondern auch finanziell!

Ich habe es als Kind schon gehasst, auf Hochzeiten zu gehen. Alle Tanten und großmütterlichen Bekannten kniffen mir in die Wangen und riefen laut jauchzend: Wart´s nur ab, du bist bestimmt die Nächste. Das Ganze hörte erst auf, als ich anfing, auf Beerdigungen das Gleiche mit ihnen zu machen.

Eins ist klar, um das wieder wettmachen zu können und ebenfalls von Geld- und Sachspenden zu profitieren, muss ich mich ganz schön ins Zeug legen, da gilt es, einiges aufzuholen. Vielleicht sollte ich zur Abwechslung mal nicht nur so in den Tag hinein leben, sondern mal an mir arbeiten, analysieren, wo ich stehe, wer ich bin und wo ich hin will.

Als mir dieser Gedanke erstmalig kam, nahm ich mir einen 200 Seiten starken Block, um all meine bisherigen Erkenntnisse festzuhalten.

Als ich nach drei Stunden noch immer vor dem ersten leeren Blatt Papier saß, griff ich auf das zurück, was uns weniger oberschlauen Menschen vor einigen Jahren den Platz in der Evolutionsgeschichte gerettet hatte – ich befragte das Internet. Google weiß doch alles. Also, Google, sag mir, was ich bin und wo ich hin muss, um endlich den Anschluss an normale Menschen zu bekommen.

Die Ausbeute war niederschmetternd! Auf die Frage „Was bin ich" erhielt ich 1384 Einträge zu Robert Lembke und einige Ebay-Angebote für schweinische Sparbüchsen.

„Wo muss ich hin" bescherte mir Routenplaner und günstige Navigationssysteme.

Hm… irgendwie brachte mich das nicht weiter. Daher gab ich einfach mal das Wort „Single" in die Suche ein und siehe da: Treffer!

Wussten Sie eigentlich, dass sich sogar das bekannte Internet-Lexikon Wikipedia mit mir beschäftigt? Gut, jetzt nicht direkt mit mir, aber mit Singles im Allgemeinen.

Es gibt sogar Unterscheidungen!

Freiwillige Singles, das sind die, die gar keinen Partner wollen.

Dann gibt's noch die unfreiwilligen Singles, damit sind, ich zitiere:

„Witwer ohne minderjährige Kinder im eigenen Haushalt" gemeint.

Soso, wenn Witwer ohne minderjährige Kinder unfreiwillig Single sind, sind dann Witwer mit volljährigen Kindern freiwillig Single? Ich bin doch auch unfreiwillig Single. Bin ich deswegen jetzt auch gleichzeitig Witwe?

Dann gibt's noch, man glaubt es kaum, halb-freiwillige Singles, dazu zählen katholische Geistliche, die dem Zölibat unterliegen. Nonnen und Ordensbrüder sind laut Lexikon übrigens KEINE Singles, denn die, ich zitiere:„…gehören einer Gemeinschaft an, deren Zweck es aber nicht ist, sexuelle Bedürfnisse ihrer Mitglieder zu befriedigen."

Das wär ja auch noch schöner!

Diskriminierend finde ich ja, dass uns Singles jetzt auch noch die Schuld daran gegeben wird, dass zu wenig Kinder geboren werden und wir durch das Erreichen eines überdurchschnittlich hohen Alters die Bevölkerungspyramide kippen.

Außerdem nehmen Singles wie ich, aufgrund ihrer Kinderlosigkeit, anderen Leuten die Arbeit weg und auch für die Wohnungsnot in Deutschland sind wir verantwortlich, weil wir durch unsere Ein-Personen-Haushalte unnötig Wohnraum verschwenden.

Darüber hinaus sterben Singles laut Wikipedia früher, weil „sie sich oft ungesund ernähren und keinen geregelten Tagesablauf haben".

Außerdem trinken und rauchen Singles überdurchschnittlich viel, was ihrem Leben häufig früh ein Ende setzt.

Wissen Sie, welche Textstelle im Lexikon mir am meisten Angst macht?

„Personen, die nicht verheiratet sind, bleiben meist im Haushalt der Eltern oder nach deren Tod bei ihren Geschwistern."

Dummerweise bin ich nicht nur Single, sondern auch Einzelkind… hach, was soll nur aus mir werden?

Na, toll!

Ich fass mal kurz zusammen:

Ich bin keine Witwe

aber dennoch ein unfreiwilliger Single,

der sehr alt wird,

aber früh stirbt,

sein Leben bei den Eltern verbringt,
aber anderen den Wohnraum streitig macht.
Das ist mir eindeutig zu hoch!
Gott sei Dank gibt Wikipedia mir einen versteckten Hinweis, wie ich dem Single-Dasein entkommen kann:
„Unter Single wird ein Mensch verstanden, der ohne minderjährige Kinder im Haushalt lebt. Demzufolge sind Alleinerziehende KEINE Singles!"
Das heißt, ich muss einfach nur ein Kind in die Welt setzen und schon bin ich aus dem Schneider! Hm, dann muss ich ja jetzt nur noch den passenden Mann dazu finden…

Wenn das mal so einfach wäre. Ich gebe zu, ich kaufe bis auf Lebensmittel wirklich ALLES im Internet, aber will ich tatsächlich auch Männer online shoppen? Außer der Unmenge an Singlebörsen gibt´s ja nix. Und das System ist mir zu anstrengend! Da muss erst einmal gemailt werden, jeder erzählt von sich und seinem Leben, lügt dem anderen die Taschen voll, um sich besser zu verkaufen, das Mailen geht über ins Telefonieren, man trifft sich, trennt Lüge von Wahrheit und entscheidet sich dann dafür oder dagegen. Das ist zeitintensiv und anstrengend und niemand kann vorhersagen, ob es dann schlussendlich passt oder nicht. Warum gibt es eigentlich kein Frühwarnsystem für Beziehungskatastrophen? So eine riesige blinkende und gleichzeitig lautstarke Sirene über meinem Kopf hätte in der Vergangenheit schon oft hilfreich sein können!

„Achtung, Achtung! Dieser Mann will nur das Eine, wenn er sagt: Ich bin zwar kein Gynäkologe, aber ich seh´s mir gern mal an."

„Vorsicht, Anke! Dieser Mann ist die Nummer 35 im Panini-Arschloch-Sammelalbum!"

„Stopp, mein Kind! Merkst du denn nicht, dass es ein untrügliches Zeichen von komplettem Wahnsinn ist, wenn sich dieser Mann beim Metzger vor die Fleischtheke kniet und laut ruft: Sie sind tot! Sie sind alle tot!"

Warum erfindet nicht mal jemand einen Singleshop? Ähnlich wie bei Autos gibt es Eckdaten, Aussagen über den Allgemeinzustand, Herkunft, Farbe, Macken, Beulen, Flickstellen oder Lackschäden.

Vielleicht so was in der Art wie:

Anke: Modell Eifel, Kleinwagen, etliche Vorbesitzer, gut gepflegt und unfallfrei, ohne sichtbare Gebrauchsspuren, Prototyp, ohne Seriennummer, Abgabe aus erster Hand, älteres Modell, aber kein Oldtimer, springt morgens nicht immer zuverlässig an, braucht viel Sprit und ist teuer im Unterhalt.

Da wüsste doch nun jeder, was ihn erwartet. Zuhause testet man die Ware dann ausgiebig und bei Nichtgefallen hat man selbstverständlich ein zweiwöchiges Rückgaberecht. Der Versand über Zalando wäre natürlich kostenlos. Wobei ich mit dieser Firma ein bisschen auf Kriegsfuß stehe. Ich habe neulich festgestellt, dass der Zalandomann auch schreit, wenn man ihn überfährt… Upsi… Das hat mich den Führerschein gekostet. Ich bin ja aber nun nicht mit Absicht über ihn drüber gefahren. Ich hatte halt getankt, frei nach dem Motto: Wenn du schon nicht zu zweit glücklich sein kannst, dann sei wenigstens alleine betrunken!

Was soll ich denn auch machen? In der Eifel gibt es nun mal keine öffentlichen Verkehrsmittel. Da bist du doch quasi vom Staat gezwungen, nach dem Besäufnis noch mit dem Auto heim zu fahren. Und nur Cola trinken ist keine Option! Wenn das die Lösung ist, dann hab ich lieber ein Problem. Und alkoholfreies Bier ist doch wie Porno im Radio…

Zu Fuß nach Hause gehen macht keinen Sinn, wenn man vier gesunde Reifen hat. Die Faustregel lautet: Jede Strecke, die länger als das Auto ist, wird gefahren!

Und das Auto einfach vor der Kneipe stehen lassen, geht ja auch nicht. Ich muss doch morgens wieder zur Arbeit.

Die letzten drei Monate musste ich mit dem Fahrrad zur Schule fahren, da war ich schon fertig, noch ehe ich am Schreibtisch saß. Meine Mutter hat immer gesagt, ich sehe süß aus, wenn ich schlafe. Meine Kollegin war da anderer Meinung. Ich bin eh nicht so für Arbeit…

Jeden Tag arbeiten, aber nur einmal im Monat Geld bekommen – da stimmt doch was nicht! Bekanntermaßen werde ich am Wochenende gern zum Schlumpf – blau und fröhlich. Daher hat meine Kollegin mir sicherheitshalber einen reflektierenden Organspendeausweis an den Fahrradsattel geheftet. Bis auf Lunge und Leber müsste noch alles zu brauchen sein.

Ich habe manchmal das Gefühl, seit ich nicht mehr vorne in den Einkaufswagen passe, ist mein Leben schrecklich kompliziert geworden.

Dieser unangenehme Moment zwischen Schule und Rente…

Die fünf Tage vor dem Wochenende sind die schlimmsten.

Aber am allerschlimmsten ist der Montag…

Montag... das Schamhaar auf der Zahnbürste des Lebens. Da ist man schon glücklich, wenn man morgens ein vierblättriges Klopapier findet.

Knöllchen und mündliche Verwarnungen hab ich schon oft bekommen. Das liegt aber nicht an mir, sondern an diesen humorlosen Politessen und Verkehrspolizisten! Da hatte ich einige lehrreiche Begegnungen.
Es kommt zum Beispiel gar nicht gut, wenn du zwei Polizeibeamten sagst: „Na, bockig, weil die Mama euch heute Morgen wieder gleich angezogen hat?"
Zack, Knöllchen!
„Ich bin nicht betrunken, ich laufe Muster."
Zack, Knöllchen!
„Haben Sie Alkohol oder Drogen dabei?"
„Hau ab, du Schnorrer!"
Zack, Knöllchen!
„Hey, junge Dame, Sie haben wohl ein bisschen zu viel Alkohol konsumiert. Sie haben ja nicht mal bemerkt, dass Sie Ihren Schuh verloren haben."
„Wusst´ ich´s doch, ich bin Aschenputtel!"
Zack, Knöllchen!
Vor ein paar Jahren dachte ich, eine Politesse möchte mich zum Spielen auffordern. Sie sagte „Papiere", ich sagte „Schere".
Zack, Knöllchen!
Blöde Kuh, blöde! Das ist so eine, die bestimmt beim Tetris auch das Viereck dreht.
Ich bin halt ein Rebell! Manchmal trinke ich sogar meinen Coffee to go im Sitzen. Und letzte Nacht bin ich extra aufgeblieben, hab mich neben eine Mücke gesetzt und gesummt, damit sie nicht einschlafen kann.

Tja, und dann haben sie mich erwischt… 2,6 Promille, jede Menge „Kotzmeersen" und zu allem Überfluss ein schreiender Zalandobote mit zerdrückten Paketen. Ich habe noch versucht, mich rauszureden und gesagt, ich müsse mit dem Alkohol auf ärztliche Anweisung meine inneren Verletzungen desinfizieren. Half aber nix…

Man fragte nach meinem Trinkverhalten und ich sagte, dass mein verantwortungsvoller Umgang mit Alkohol in der Hauptsache darin besteht, nichts davon zu verschütten. Das kam gar nicht gut…
Zu allem Überfluss hatte ich auch noch beim Rückwärtseinparken ein Auto erwischt. Aber dafür konnte ich nichts! Dass wir Frauen nicht rückwärts einparken können, liegt nur daran, dass uns ständig eine falsche Vorstellung von 20 cm vermittelt wird.
Ach Mädels, wir wissen doch selbst, dass wir nicht einparken können. Deshalb heiraten doch alle. Das ist billiger als der Einbau einer Einparkhilfe.

So Mädels, jetzt kommt ein Test nur für euch!

Frauen drehen beim Einparken die Musik leiser, weil sie dann besser sehen können.

Siehste, wusst´ ich doch, dass ich damit nicht alleine bin!
Das unaufhörliche Schreien des Zalandoboten machte mich aggressiv. Und ich war eh schon geladen. Ich hatte an diesem Tag gerade erst eine Beziehung beendet… Nee, war nicht schlimm, war ja nicht meine. War die von der Politesse, die mir den Führerschein weggenommen hat. Da dachte ich mir, nehme ich ihr im

59

Gegenzug doch die angeheiratete Einparkhilfe. Seitdem ich ihrem Mann immer mit Lippenstift kleine Herzen auf´s Auto male, bekommt nur noch der Verwarnungen.

Nichts gefangen ist auch geangelt

Aber zurück zum eigentlichen Thema. Ich habe ein bisschen die Vermutung, dass ich keinen Mann finde, weil ich anders bin, als all die Frauen, die im Männer-Haifischbecken schon ein kleines Goldfischchen angeln konnten.

Männer haben – so sagen sie es jedenfalls – folgende Vorstellung von einer Frau:

Sie soll schlank und an den entscheidenden Stellen kurvig sein. Sie soll gepflegt, elegant, sexy, intelligent und humorvoll sein. Beim Kochen und Putzen soll sie unglaublich gut aussehen, sie soll frei und wild und zügellos sein, eigenständig und vor allem ausreichend Geld verdienen und spontanen Aktionen nicht abgeneigt sein.

Wenn Männer diese Vorstellung von ihrer Traumfrau haben, warum in Gottes Namen heiraten sie dann immer das genaue Gegenteil? Lügt der Mann sich vielleicht selbst die Taschen voll? Oder lenken wir Frauen die Kerle so geschickt, dass sie nicht mehr anders können? Auch ich habe da so meine Tricks…

Wenn mein Schlüpper zum BH passt, habe ich immer etwas vor! Also, Vorsicht Jungs, Frauen in Dessous-Sets sind gefährlich! Aber das werdet ihr wohl nie durchschauen, genauso wie ihr stets auf der Suche nach dem ominösen G-Punkt der Frau seid, der ganz banal am Ende des Wortes ShoppinG zu finden ist.

Zu den Tricks der Frauen gehört immer auch der Einsatz von Textil, der von ihrem eigentlichen Vorhaben ablenken soll. Wenn also der Rock so kurz ist, dass die High Heels farblich passend zum Slip ausgewählt werden müssen – Obacht!
Ähnlich verhält es sich mit Make-up. Hat die Frau durch Abschminken ihr Gesicht wieder auf Werkseinstellungen zurückgesetzt, ist der schöne Schein Geschichte. Manche sind so extrem geschminkt, dass ein Chamäleon, befände es sich im Gesicht dieser Frauen, wegen Burnout eingeliefert werden müsste. Neulich wollte ich einer alten Dame über die Straße helfen, sah aber dann, dass es nur eine 18jährige auf dem Weg ins Solarium war – zur Hohlraumversiegelung vermutlich.

Frauen sind sehr erfinderisch, wenn es darum geht, den Mann in eine bestimmte Richtung zu manövrieren. Ich bin ja auch der festen Überzeugung, dass das Smartphone von einer Frau erfunden wurde! Erstens, damit der Mann besser kontrolliert werden kann, wenn er aushäusig ist und zweitens, damit er sich beim Pinkeln endlich hinsetzt.

Übernimmt der Mann vielleicht das Schönheitsideal, das ihm durch die Werbung suggeriert wird? Würde er statt des Fotos einer nackten, schlanken, langbeinigen Schönheit auf einer Harley in Wahrheit lieber das Kalenderblatt einer übergewichtigen, cellulitegeplagten Frau in einem ollen, rostigen D-Kadett über seiner Werkbank aufhängen?

Und was ist mit den anderen Attributen, nach denen die Männer immer rufen? Sind die alle vom Winde verweht, wenn der Mann erst mal durch Make-up und Dessous in die Fänge einer Frau geraten ist?

Plötzlich sitzt er dann da, der arme Tropf, neben seinem Eheweib und den drei von ihr mitgebrachten Kindern, für die bis dato noch kein Vater gefunden werden konnte, weil das Geld für die Vaterschaftstests nicht ausreicht und die er nun alle mit durchfüttern muss, weil seine Angetraute weder eine Berufsausbildung, geschweige denn einen Schulabschluss hat. Für Spontanität fehlt das Geld und Putzen und Kochen muss Superman selbst, während seine Frau faul auf der Couch liegend Tabak in Zigarettenhülsen und Süßigkeiten in sich selbst stopft.

WENN die beiden denn dann mal die verqualmte Sozialwohnung verlassen, hört man sie nur, bestimmend wie ein Oberfeldwebel, Anweisungen brüllen, denen er stumm nickend folgt. Da werden starke Männer plötzlich zu kleinen Hundewelpen, sie werden ausgeschimpft, wissen eigentlich nicht, warum, hecheln aber trotzdem schwanzwedelnd und sabbernd hinter „Frauchen" her. Ich werde den Eindruck nicht los, dass Männer in Wahrheit genau DAS wollen! Sie wollen gegängelt werden, sie wollen ein Leben mit Verboten und finden es vermutlich äußerst anregend, von ihren Frauen öffentlich bloßgestellt zu werden. Männer brauchen klare Regeln und Grenzen! Sie brauchen Anweisungen!

„Räum das Auto auf!"

„Mäh den Rasen!"

„Kehr den Hof!"

„Wie du wieder rumläufst! Zieh gefälligst die Buntfaltenhose an, die ich dir gekauft hab´!"

Vielleicht hat schon Eva damals zu Adam gesagt: „Iss den Apfel! Und nimm endlich dieses blöde Feigenblatt ab, sonst ist hier Schluss mit Paradies!"

Wenn es tatsächlich das ist, was ihr Männer wollt, dann SAGT ES DOCH!

Dann können wir Frauen endlich unsere geheime Superkraft einsetzen (für drei Tage vorkochen, aber noch am selben Tag alles aufessen), müssen uns nicht mit Sport fit halten und können nach der Grundschulzeit die vorzeitige Rente beginnen, um, wie einst Peggy Bundy, pralinenessend auf der Couch mit den übereinander geschlagenen Beinen zu wackeln.

Wir könnten uns endlich gehen lassen, könnten einfach irgendetwas Ungebügeltes aus dem Wäschekorb nehmen und es wäre egal, ob wir darin aussehen, als könnten sich Leoparden mit Walen paaren. Habt ihr Kerle eigentlich eine Vorstellung davon, was es mich täglich an Zeit und Nerven kostet, meine langen Haare (auf die ihr ja angeblich so abfahrt) zu waschen und zu fönen? Wisst ihr, wie anstrengend es ist, in einer anatomisch bedenklichen Haltung Tag für Tag in der Dusche zu stehen, um Beine, Achseln und andere Körperstellen haarfrei zu halten?

Frauen hingegen wollen einen richtig tollen Kerl! Er soll nett sein, sie auf Händen tragen, ihr jeden Wunsch von den Augen ablesen. Es ist wichtig, dass der Mann ein Sixpack hat, auch, wenn er nur bis vier zählen kann. Wenn er dann noch eine Familie ernähren kann und bereit ist, sich um Kinder und Haushalt zu kümmern, scheint die Wahl perfekt. Aber auch Frauen werden ihrem Idealbild untreu und entscheiden sich meist für ein gegensätzliches Exemplar. Wird auch hier geschwindelt oder fallen Vorstellung und Realität einfach in die Rubrik: Der Mensch plant und das Schicksal lacht sich tot?

Frauen beklagen sich grundsätzlich über Männer, das liegt in ihrer Natur! Daher darf der Kerl auch gar nicht perfekt sein, sonst gibt's ja nix zu meckern. Und ist er doch auf dem richtigen Weg zur Perfektion, drehen wir ihm einfach das Wort im Mund herum, um mit Leidenschaft auf ihn einzuhämmern.

Wenn uns beispielsweise der Mann, der uns aufrichtig liebt, vorschwindelt, der Super-Mini-Minirock sähe an unserem cellulitegeplagten 90 Kilo-Körper echt sexy aus, dann tut er das doch nur, um uns ein gutes Gefühl zu geben. Aber gleich sagen wir Frauen: "Mach dich ruhig lustig über mich. Eigentlich findest du mich doch fett und hässlich. Du liebst mich nicht!"

Jetzt mal im Ernst: Stünde der Mann tatsächlich besser da, wenn er sagen würde: „Boh, Alte, du siehst aus wie ´ne Presswurst und deine fetten Beine in der Netzstrumpfhose erinnern mich an Spießbraten."

Vermutlich wäre die Beziehung damit beendet. Oder glauben Sie im Ernst, dass auf die Frage: „Schatz, habe ich einen Hängebusen?", „Nein, die beiden chillen nur!" die richtige Antwort ist? Es sei denn, die Worte kämen aus dem schöngeschwungenen Mund von George Clooney. Der darf so was sagen, weil er uns Frauen im Gegenzug eine 6000 Quadratmeter-Villa, mehrere teure Autos, 365 Tage im Urlaub im Jahr und unzählige wunderschöne Handtaschen bietet.

Wann begreifen wir Frauen endlich, dass wir einem einfachen Handwerker so etwas nicht abverlangen können

Über die Jahre der Evolution hat der – zugegeben - etwas einfach gestrickte Mann verstanden, dass Ehrlichkeit und die Optik der Frau zwei nicht miteinander zu vereinbarende Dinge sind.

Haben wir Frauen dann endlich einen erfolgreichen, solventen Mann gefunden, beschweren wir uns, dass er viel zu viel arbeitet und wir fangen ein Verhältnis an...

...mit einem einfachen Handwerker...oder dem Zalandomann. Jungs, Trottel werden nicht geboren, Frauen stellen sie in ihrer Freizeit her! Zur Urlaubszeit gibt es immer einen Haufen Zeitungsartikel über ausgesetzte Tiere, aber ausgesetzte Männer vor Schuhgeschäften, das wird totgeschwiegen.

Wir Frauen sind so schrecklich kompliziert, wir sind manchmal so kompliziert, dass wir uns selbst nicht verstehen. Wie soll denn da der Mann durchblicken...? Wer Frauen versteht, kann auch durch Null teilen.

Ich bin bereits seit 10 Jahren Single. Ich finde das nicht schlimm! 90% meiner Socken sind Single und die jammern auch nicht rum. Ich muss auch keinen Mann mein eigen nennen. Dass ich keinen Mann brauche, wird mir immer wieder klar, wenn mein Kater sich auf der Couch kurz an mich kuschelt, pupst und dann wieder geht. Beziehung nennt sich doch im Prinzip nur der Abschnitt zwischen „Ich dich auch" und „Du mich auch". Sie ist ein ständiges Nehmen und Geben, mal übernimmt man sich, mal übergibt man sich...

Dennoch frage ich mich, warum das so ist. Ich habe

echt keine Ahnung, warum ausgerechnet ich nicht den Mann für´s Leben finde. Chancen hab ich schon. Gerade letzte Woche hab ich wieder gemerkt, dass die Männer voll mich abfahren. Zum Beispiel der Typ vom Supermarkt, der steht total auf mich, der hat mich sogar nach meiner Postleitzahl gefragt.

Dabei ist das doch heute so einfach. Meine Oma, die hatte es noch schwer. Da war ja kaum Auswahl auf so einem kleinen Eifeldorf. Du wusstest ja oft gar nicht, dass es außer deinem Dorf noch andere Dörfer drum herum gibt. Die waren ja zum Teil noch gar nicht entdeckt, was daran lag, dass der Kolumbus erst viele Jahre später in die Eifel kam, denn wir wohnen ja nicht am Wasser.

Du warst quasi gezwungen, von den 15 Einwohnern im Dorf dann halt den zu nehmen, der gerade noch frei war – dabei spielte es übrigens auch keine entscheidende Rolle, ob das Paar in irgendwelchen verwandtschaftlichen Verhältnissen zueinander stand. Danach konnte man nun nicht auch noch gucken.

Heute ist das alles viel weitläufiger. Da steht einem durch das Internet ja die ganze Welt offen. Da kannst du wählen zwischen Singlebörse, Singlereise, Single-Party, Single-Versteigerung, Single-Tanzen, Single-Urlaub, Flirtline, Flirtguide, SMS-Flirt, Blind Date, Speeddate, Dark-Date, Zeitungsannoncen, One-Night-Stand, Partnerschaft, Seitensprung, Abenteuer. Ich habe auch erst über den ganz banalen Weg versucht, Männer in Kneipen, Discotheken oder im Supermarkt kennenzulernen. Als ich mich aber dann nach dem Versuch, per sexy Augenaufschlag zu flirten, im Krankenhaus wiederfand, mit Verdacht auf Schlaganfall, wusste ich, dass ich zu anderen Mitteln greifen muss.

Die meisten Menschen bevorzugen nach dem ersten Kennenlernen das SMS schreiben als Möglichkeit des näheren Kontakts. So ist es auch bei mir, wobei diese Methode oft sehr niederschmetternd ist. Während ich mit Bedacht, Kreativität und sprachlichen Höchstleistungen tolle Kurznachrichten entwerfe, kommt vom Mann im Gegenzug meist nur ein „Ok"…

Ich hab mich dann zuerst mal für die klassische Methode der Zeitungsannonce entschieden.

Um auf „Nummer Sicher" zu gehen, besorgte ich mir einen Ratgeber, einen sogenannten Singleführer, mit höchst wichtigen Tipps und Tricks.

Erster Tipp: Verabrede dich mit dem fremden Mann auf keinen Fall in seiner Wohnung!

Das macht Sinn, denn man kennt den Mann ja gar nicht. Man weiß ja gar nicht, was das für einer ist. Das könnte ja vielleicht ein Triebtäter sein…

Zweiter Tipp: Verabrede dich mit dem fremden Mann auch auf keinen Fall in deiner Wohnung.

Logisch… der kennt mich ja auch nicht… ich könnte ja vielleicht eine Trieb… äh, lassen wir das…

Nächster wichtiger Tipp im Singleführer: Entwerfe eine Anzeige, die dich möglichst genau beschreibt!

Hab ich getan! Meine Anzeige lautete:

Frau von Welt, aus der Eifel, Ende 20, sucht Ihn, 30-40, für gemeinsame schöne Jahre.

Am nächsten Tag las ich in der Zeitung:

Frau von Welt, aus der Eifel, Ende 20, sucht Ihn, für 30-40 gemeinsame schöne Jahre.

Ähm, für so lange Zeit wollte ich mich jetzt aber doch nicht festlegen. Also von vorn:

Frau von Welt, aus der Eifel, Ende 20, sucht Ihn, 30-40, für gemeinsame schöne Jahre.

Schon wenige Tage später meldete sich mein erstes Date. Juchhu!
Als Erkennungszeichen wählten wir ganz klischeehaft die Rose im Knopfloch.
Zum vereinbarten Termin fand ich mich also am angegebenen Treffpunkt ein und dann sah ich ihn! Er stand mit dem Rücken zu mir einige Meter entfernt, so dass ich die Gelegenheit bekam, erst mal seine Hinterseite abzuchecken. Wow, was für ein Adonis!
Dann lief alles wie in Zeitlupe ab… wie im Kino… die Stelle im Film, an der die Frauen die Taschentücher auspacken und die Männer zu Schnarchen beginnen. Da lag echt eine Menge Poesie in der Luft…
Er drehte sich zu mir um und der Herbstwind, der durch die Eingangstür strömte und einen Hauch von Spätsommer hineinfließen ließ…
… wehte ihm das Toupet vom Kopf!
Moment, das stand so nicht in meinem Drehbuch! Während er sein Haupthaar suchte, suchte ich das Weite und nutzte die Gelegenheit, erst die Rose und dann mich unauffällig verschwinden zu lassen.

Am nächsten Tag habe ich dann gleich mal telefonisch meinen Anzeigentext geändert:

Frau von Welt, aus der Eifel, Ende 20, sucht Ihn, 30-40, auch oben rum ansehnlich, für gemeinsame schöne Jahre

Eine Woche später der nächste Versuch...
Mein Date ließ mich ziemlich lange warten und als er dann endlich angehetzt kam, entschuldigte er sich mit der Begründung: Meine Mutter hat mich nicht eher gehen lassen!...
Ich griff noch an Ort und Stelle zum Handy und erweiterte mein Inserat:

Frau von Welt, aus der Eifel, Ende 20, sucht Ihn, 30-40, auch oben rum ansehnlich und mit eigener Wohnung, für gemeinsame schöne Jahre

Irgendwie hatte ich kaum an Optimismus verloren und stürzte mich ins nächste Blind Date. Er hieß Mohammed und wirkte irgendwie... gehetzt... als wäre er in Eile... so, als hätte er an diesem Tag noch einen anderen wichtigen Termin. Und den hatte er auch: Mit der Auswanderungsbehörde! Was sollte ich denn tun? Ihn mit einer Heirat vor der Abschiebung bewahren? Ich war auch tatsächlich kurz geneigt, seinem Antrag nachzugeben – denn dann hätte ich mit Suchen aufhören können, aber stattdessen entschied ich mich, meine Annonce nochmals zu überarbeiten:

Frau von Welt, aus der Eifel, Ende 20, sucht Ihn, 30-40, auch oben rum ansehnlich, mit eigener Wohnung und unbefristeter Aufenthaltsgenehmigung, für gemeinsame schöne Jahre

So, jetzt MUSS das doch klappen, dachte ich. Also auf zum nächsten Treffen. Markus, so hieß der Kerl, war wirklich nett und er sah auch toll aus, unheimlich gepflegt, tolles Outfit, sonnenbankgebräunt, überaus gutriechend und frisch geduscht, was für so ´en Mann ja nun auch keine Selbstverständlichkeit ist.

Während ich gerade dabei war, mein kleines Herz an Markus zu verschenken, sah ich aus den Augenwinkeln, dass da einer an der Theke stand, der mich schon den ganzen Abend beobachtete. Plötzlich stand er auf und kam zu uns rüber und ich dachte noch: Um Gottes Willen! Wenn die sich jetzt um mich kloppen!

So war´s aber leider nicht… Die Beiden kannten sich und der Thekentyp fragte:

„Und? Haste schon gefragt?"

„Nee", sagte Markus „noch nicht."

Nachdem ich den Beiden endlich entlockt hatte, was sie mich fragen wollten, änderte ich meine Annonce nochmals um:

Frau von Welt, aus der Eifel, Ende 20, sucht Ihn, 30-40, auch oben rum ansehnlich, mit eigener Wohnung und unbefristeter Aufenthaltsgenehmigung, für gemeinsame schöne Jahre, keine Leihmutterschaft für homosexuelle Paare!

In den nachfolgenden Monaten hatte ich noch einige Dates und mein Inserat in diesem bildzeitungsgroßen Anzeigenblatt benötigte mittlerweile schon eine ganze Seite. Habt ihr eigentlich eine Ahnung, was das kostet???

Ich war zeitweise durch die Kosten der Anzeigen und

Änderungen höher verschuldet als ganz Griechenland! Ich bekam vom Anzeigenblatt sogar schon Sonderrabatt. Man versuchte darüber hinaus, meine Anzeige durch Werbeannoncen auffälliger zu gestalten. Über meiner Anzeige stand: „Alles muss raus!", und darunter war Werbung vom Praktiker-Baumarkt zu lesen: 20% auf alles, was keinen Stecker hat.

Haha, sehr witzig!

Mal im Ernst: Mein persönlicher Amor ist doch vermutlich ein ganz armseliger Säufer, anders ist der Quatsch, den er fabriziert, nicht zu erklären.

Ich hatte natürlich schon einige Beziehungen zu Männern – mich unberührt zu nennen, entspräche nicht so ganz der Wahrheit. Nur für meinen Papa bin ich selbstredend noch jungfräulich. Als er vor einigen Jahren in meinem Schrank Peitschen, Handschellen und Masken fand, war er fest davon überzeugt, dass ich eine Superheldin bin. Was anderes wäre ihm nie in den Sinn gekommen.

Und wirklich einsam bin ich ja nun auch nicht. So richtig alleine bist du erst dann, wenn du in der Sonne am See sitzt und die Enten dich mit Brot füttern.

Ich hatte noch nie ein glückliches Händchen, was Männer betrifft. Die Wahl des „Richtigen" geschah immer nach höchst seltsamen Kriterien. Das habe ich wohl von der Oma geerbt. Die hat den Opa beim Schlittenfahren kennengelernt. Er war der Einzige, der nicht den Berg hinab sauste, sondern mit hochgeschlagenem Mantelkragen und den Händen in der Hosentasche vor sich hin fröstelnd da stand. Da war Omas Mutterinstinkt geweckt und sie nahm ihn für über 50 Jahre unter ihre Fittiche.

Beziehungsstatus: Es liegen uns keine Verkehrsmeldungen vor

Vielleicht bin ich einfach nicht der Typ für diese Zweierkiste. Mal ehrlich, eine Beziehung ist anstrengend. Ständig versucht man Probleme zu lösen, die man alleine nie hätte. Wieso gibt es in Beziehungen eigentlich keine Treupunkte, so wie im Supermarkt? Wenn man treuer als der Partner war, macht ein Messerset doch erst Sinn.

Auch ich habe, ähnlich der Oma, ein äußerst seltsames Beuteschema. Das finden zumindest Außenstehende. Für mich gibt es aber ein ganz klares Konzept, eine Einteilung der Männer in verschiedene Rubriken.

Da wäre zunächst der Monet-Typ. Diese Kategorie erhielt ihre Bezeichnung vom gleichnamigen Maler. Diese Männer sind wie Bilder von Claude Monet – von weitem sehen sie unglaublich schön und perfekt aus, aber je näher man ran kommt, umso größer wird das Durcheinander.

Schon recht früh kristallisierte sich eine Kategorie Mann heraus, die für einen längeren Zeitraum tatsächlich perfekt wirkt – die Brandon-Rubrik. Den Namen erhielten diese Exemplare durch DIE Teenie-Serie der 90ger: Beverly Hills 90210. Während alle meine Freundinnen auf den verwegenen, komplizierten Dylan McKay standen, schwärmte ich für Gutmensch Brandon Walsh, der immer alles regelte, der keine Drogen nahm, keinen Alkohol trank, der immer zur Stelle war, auf den sich jeder blind verlassen konnte. Er hielt sich an sämtliche Gesetze und war überall beliebt und gern gesehen.

Ich brauchte tatsächlich fünf Staffeln, um zu erkennen, dass Brandon Walsh ein Arschkriecher ist, der sich für unentbehrlich hält und der andere immer zu recht weisen muss. Mit seiner Perfektion löste er ab Staffel 5 eine regelrechte Aggression in mir aus, wenn ich ihn nur sah. Unsere Liaison endete aber bereits in Staffel 4, denn auch Teenie-Serien-Darsteller werden mal groß und so hörte meine Schwärmerei schlagartig auf, als Brandon sein T-Shirt auszog und sich darunter Brustbehaarung zeigte. Schade Brandon, aber Körperbehaarung geht leider gar nicht…

Die Kategorie der Eminem-Typen ist nach dem gleichnamigen Rapper benannt. Männer, die zu dieser Rubrik gehören, sind Hotties, richtig scharfe Typen mit rotzigen Sprüchen und unfreundlichen, aber hübschen Gesichtern – kurz: Für liebende Eltern ist der Eminem-Typ als Freund der Tochter der meistgenannte Grund, sie zu enterben. Eminems fluchen und spucken auf den Boden, bewegen sich immer am Rande der Kriminalität und sind aufgrund extremer Dummheit an sich für Nichts zu gebrauchen – wenn sie nicht so verdammt anziehend wären… oder ausziehend?!

Dass du einem Eminem-Typ in die Fänge geraten bist,

zeigt sich nämlich meist dann, wenn dein Kopf dir sagt „Lass die Finger vom der Kerl", während du dich weiter unten schon deiner Kleidung entledigst.

Eminem-Typen machen dich mit 110%ger Sicherheit unglücklich, das weißt du schon, wenn du sie das erste Mal siehst. Aber da Frauen ja in der Lage sind, tolle Männer zu Idioten zu machen, glaubst du, dass das umgekehrt doch auch gehen müsste – leider falsch!

Das Gegenteil vom Eminem-Typen ist der Stefan-Typ. Ich habe in der Vergangenheit festgestellt, dass die meisten Männer, die viel zu gut für diese Welt sind, Stefan heißen – daher der Name. Stefans sind immer da, wenn man sie braucht. Sie sind nicht besonders entscheidungsfreudig und nicht in der Lage, klar Stellung zu beziehen, weil sie es stets jedem recht machen wollen. Daher werden sie oft ausgenutzt. Wenn du also Personal brauchst, das dir den Hintern nachträgt, ist ein Stefan die richtige Wahl. Als gleichwertiger Partner taugt dieser Mann leider nicht.

Ein ähnliches Exemplar ist der Ashley-Typ, benannt nach Ashley Wilkes aus „Vom Winde verweht". Ashleys sind Feiglinge, die nie ein Risiko eingehen würden. Sie nicken alles ab und sind aus lauter Bequemlichkeit unterwürfig. Mein Opa war ein Ashley…

Was frau wirklich will, ist ein Rhett Butler. Ein Mann, der Frauen auf Händen trägt, sie aber gleichzeitig zu führen weiß. Diese Männer bringen uns zur Weißglut, weil sie sich einfach nicht verbiegen oder an die Leine legen lassen.

Auch, was die optischen Eigenschaften der Männer betrifft, bin ich etwas seltsam veranlagt. Wie gesagt, Körperbehaarung ist nun gar nicht mein Fall. Auch mit Muskeln kann man mich nicht locken. Damit scheiden schon mal alle „männlichen Männer" aus.

Ich stehe mehr auf den jugendlichen Typ. Ein jungenhaftes, schelmisches Grinsen in einem barthaarlosen Gesicht sprechen mich genauso an, wie Baggy-Jeans, die so weit unten sitzen, dass der Typ beim Gehen kaum noch vorwärts kommt.

Brandon Walsh sagte mir optisch zu, weil er so tolle Sachen mit seinen Augenbrauen machen konnte. Ich kann´s nicht beschreiben, aber der konnte mit den Dingern regelrechte Stunts vollführen.

Wo soll ich denn bitte einen richtigen Mann aus der Rubrik Rhett Butler finden, der Baggy-Jeans trägt, keine Körperbehaarung hat, tolle Sachen mit seinen Augenbrauen kann und mich ganz unmuskulös auf Händen trägt? Kein Wunder, dass ich Single bin… Macht aber nix, es gibt ja immer noch den Eminem-Typen für den kleinen Hunger zwischendurch ☺

Wer A sagt, der muss gar nix!

Na, da hat´s mich aber auch nochmal erwischt *schnief*! Ich bin sowas von krank… Ich werde wohl einen Arzt aufsuchen müssen. Obwohl… ich bin privatversichert, da müsste der doch eigentlich zu mir kommen, oder?!

Laut einer neuen Studie gehen wir Deutsche durchschnittlich 16 Mal pro Jahr zum Arzt.

Während sich in Russland die Patienten ihre Wodka-Infusionen selber verabreichen, begibt man sich in Deutschland bei jedem nebensächlichen Schädelbasisbruch gleich zum Doktor.

Aber, bevor man den überhaupt zu Gesicht bekommt, wird erst einmal die Brieftasche geröntgt. Und ist der Befund positiv, dürfen die Patienten ihre Brieftasche zum nächsten Termin begleiten.

Männer bis 40 tragen im Schnitt achtmal im Jahr ihre Brieftasche zum Arzt, wobei sich
das folgendermaßen zusammensetzt:
3 Mal zum Magenauspumpen nach der Anwendung eigener Kochkunst
3 Mal zur Wiederbelebung nach einem ausgiebigen Kneipenbesuch und

2 Mal zur Entfernung von Porzellansplittern nach einem Streit mit der Ehefrau.

Menschen über 80 Jahre haben sich in der Zwischenzeit auf 35 Arztbesuche gesteigert.
30 Mal um die preisgünstige Seniorenkarte für öffentliche Verkehrsmittel sinnvoll nutzen zu können und 5 Mal um im Wartezimmer nachzusehen, wer aus dem Schulabschlussjahrgang von 1937 noch so alles lebt.

Am häufigsten begeben wir Deutsche uns zum Arzt wegen der oberen Atemwege, gefolgt von Rückenschmerzen, Bluthochdruck, Arbeitsunlust und Suizidberatung. Gut, man kann sich auch durch Ansehen des Nachmittags-TV-Programms umbringen, aber das ist langsam und grausam. Tja, dagegen gibt's auch leider nix von ratiofarm.

Letzte Woche hatte ich eine Begegnung der dritten Art!
Ich habe den Notdienst in Anspruch nehmen müssen, weil ich neben einer Erkältung und einem Magen-Darm-Infekt auch noch auf dem Weg zum Klo die Treppe herunter gepurzelt war. Nach Durchsicht der diensthabenden Ärzte, entschied ich mich für einen Kinderarzt, weil ich heimlich auf eine Lachnarkose und einen Tapferkeitslolli spekuliert hatte.
Gott, was man da alles erlebt, im Wartezimmer beim Kinderdoktor...

Komm ich rein, sitzen da schon 6 Mütter und 12 Kinder, so dass für mich nur noch ein Kinderstühlchen in der Spielecke frei ist. Ein kleiner Kniebeißer namens Ole-Hendrik hat dann auch gleich das gesamte Spiel-

zeug in Beschlag genommen. Die Mutter war so 'ne
Öko-Tante mit selbstgebatikten Klamotten, die immer
nur rief: „Ole-Hendrik, das macht man nicht. Lass uns
darüber diskutieren."

Noch schlimmer war die kleine Paula, die offensichtlich
Schnupfen hatte, sich aber von ihrer Mutter nicht die
Nase putzen lassen wollte und stattdessen lieber den
Rotz mit der Zunge auffing.

Ich dachte schon, schlimmer kann's nicht kommen, da
fängt so'ne andere Übermutter an, ihren Andrew-
Wolfgang auf dem Zeitungstischchen im Wartezimmer
zu wickeln. Die vollgeschissene Durchfallwindel warf
sie dann gekonnt in den Mülleimer, der direkt neben
der kochendheißen Heizung stand, was der Baby-Kacke
erst so richtig Aroma verlieh.

Mein Gott, ich bin privatversichert! Hab ich da nicht
Anrecht auf ein Einzelwartezimmer?

Und diese Gespräche von den Müttern! Das ist mit
keiner Samstagabendshow zu toppen.

Sitzen da zwei überkanditelte Frauen und unterhalten
sich übers Stillen:

„Du, ich bin ja in einer Stilliga. Du, das hat mir ja soviel
gebracht!"

„Ehrlich? Ich bevorzuge ja familienorientiertes Stillen!"

„Ach, und wie geht das?"

„Durch den selbstverwirklichenden Akt des Milchge-
bens binde ich die komplette Familie in diesen wichti-

gen Vorgang mit ein, um die Sozialkompetenz meiner anderen Kinder zu stärken."

„Ach, das ist ja interessant!"

„Meine Familie versammelt sich dann im Kreis um mich. Mein Mann sitzt dabei hinter mir und hält das Kind an meine Brust. Durch leises Summen gelangen wir so in einen meditativen Zustand der Bewusstseinserweiterung, so dass wir als Familie durch den Akt des Stillens zur Verbesserung der Welt beitragen!"

„Ja, das kenn ich! Meine Familie war bei meiner Unterwassergeburt an der italienischen Adria ja auch dabei..."

„Also, ich bin ja extra mit meinem Mann zum Äquator gereist, um unsre kleine Lynn-Sophie zu gebären."

„Ah, davon hab ich schon in unserem Internet-Elternforum gelesen. Es soll ja dem Kind später mal das Erlernen von Sprachen erleichtern, wenn die Gebärende bei der Entbindung auf zwei Erdhalbkugeln steht."

„Um da eine unterstützende Wirkung herbeizuführen, trinke ich ja nur noch französischen Sprudel. Denn wenn mein Björn-Roland mal in Frankreich zum Studium ist, kennt er schon mal den Geschmack des Wassers."

„Außerdem ist es wichtig, dass der Dammschnitt gen Norden ausgerichtet ist. Denn, wenn die Kinder parallel zum Nord-Süd-Meridian geboren werden, sind sie ja auch automatisch richtig gepolt."

Unterbrochen wurde dieser Wahnsinn, als die Tür aufging und ein kleines Mädchen herein kam. Wie sie so da stand, neunmalklug unter ihrer rosafarbenen Kappe hervor guckend, schätzte ich sie auf etwa acht Jahre. Am Spielzeug, das mittlerweile auf dem gesamten Wartezimmerboden verteilt war, schien sie kein Interesse zu haben. Stattdessen setzte sie sich neben mich, nahm eine Unmenge an Tablettenpackungen aus ihrem Prinzessin Lillifee-Rucksack und eine Pillendose, wie mein Opa sie einst sein eigen nannte, beschriftet mit den Wochentagen und dem Zusatz „Morgens – Mittags – Abends – Nachts". Während sie fachmännisch die einzelnen Abteile der Dose füllte, begann sie ein Gespräch mit mir, das mir noch lange in Erinnerung bleiben sollte...

„Na, bist du auch krank?"

„Das kannste laut sagen!, erwiderte ich. „Ich bin erkältet, habe mich verletzt, als ich die Treppe herunter lief und zudem habe ich noch den flotten Otto, wenn du weißt, was ich meine."

Vollkommen unbeeindruckt von meinem Leidensweg, erklärte sie mir:
„Ich bin ganz dolle, dolle krank. Ich hab nicht bloß einen Schnupfen oder ein aufgeschlagenes Knie! Ich bin **richtig** krank! Aber meine Krankheit kann man nicht sehen. Das ist ja das Gefährliche.

Ich muss die hier nehmen.", erklärte sie mir, während sie das Medikament aus der Folie pulte. „Nämlich weil ich immer so viel wissen will und in der Schule dauernd nachfragen tu, hat der Lehrer gemeint, ich wär zu aufgeweckt. Und damit ich nicht mehr so aufgeweckt bin, sondern mal einfach den Mund halte, muss ich jeden Tag drei davon nehmen. Ich bin nämlich hyperattraktiv. Die Tabletten geben mir zwar auch keine Antworten auf all die Fragen, die ich hab, aber wenigstens lässt der Lehrer mich in Ruhe.

Die hier nehme ich, weil ich ADS hab, das heißt übersetzt Aufmerksamkeitsdefizitsyndrom.

Defizit heißt, das mir was fehlt. Und das was mir fehlt, ist Konzentration.

Wenn ich zum Beispiel den ganzen Tag am Computer gespielt hab, kann ich mich abends um zehn nur noch so schwer auf die Hausaufgaben konzentrieren.

Aber mein Lehrer sagt, wenn ich die Hausaufgaben nicht ganz hab, ist das auch nicht schlimm, schließlich bin ja ich dolle krank! Wenigstens kann ich mich durch die Pillen beim Computer spielen besser konzentrieren.

Ich hab ja auch so Probleme mit Zahlen. Ich kann mir die nicht so gut merken. Ich weiß immer nie, ob 7 mal 8 jetzt 56 ist oder ob 30 plus 26 56 ist. Und wenn man sowas nicht weiß, dann ist man krank, dann hat man Dyskalkulie. Und deswegen nehm ich jeden Tag zwei davon.

Ich kann deswegen leider keine Rechenarbeiten mitschreiben. Aber ist ja klar, mit so ´ner Dyskalkulie.

Deshalb wird meine Mathenote auf dem Zeugnis auch ausgesetzt – genau wie meine Rechtschreibnote. Ich kann nämlich auch keine Diktate mitschreiben, weil ich Legasthenie hab. Wenn du Legastheniker bist, dann weißt du zum Beispiel immer nie, dass man Fahrrad mit h und doppeltem rr schreibt oder wenn du nicht verstehst, dass nach l, m, n und r nie ck oder tz stehen kann. Und weil ich das nicht verstehe, sagt die Mama, ich muss jeden Tag vier davon nehmen, dann wird meine Rechtschreibung besser.

Damit das mit dem Schreiben noch besser klappt, hab ich hier noch was gegen MCD. Das heißt Minimale Cerebrale Dysfunktion, das wär auch was für dich, das ist nämlich ganz allgemein gegen Störungen.

Ich hab ja auch so viele Ismus-Krankheiten: Dysgrammatismus, Kappazismus, Sigmatismus, Gammazismus und Schetismus. Und dagegen nehme ich die hier.

Weil die Mama ja so besorgt um meine Gesundheit ist, muss ich jeden Tag drei davon nehmen, das ist Vitamin A, B, C, Y und Z, wegen der Spurenelemente. Damit ich nicht verloren geh.

Und hier noch Calcium gegen Osteoporose.

Dann noch schnell drei von denen, das Aspirin zur Blutverdünnung gegen Herzinfarkt, die hier ist gegen Bluthochdruck und die hier stärkt das Immunsystem.

Und dann noch zwei davon, wogegen die sind weiß ich nicht – geht ja aber jetzt in einem.“

Ich war´s nicht –

Ich steh nur hier und atme

Vollkommen verwirrt versuchte ich die kleine Patientin, die gerade den kompletten Monatsvorrat einer Apotheke mit einem kräftigen Schluck Multisanostol herunterspülte, abzulenken und das Thema zu wechseln. Ich fragte, wie´s denn so in der Schule läuft.

„Ich bin jetzt Schülerlotse. Blöder Job! Den hab ich mir auch nicht selbst ausgesucht. Das war die Strafe vom Direktor von meiner Grundschule. Ich täte immer so blöde Fragen stellen. Mein Lehrer sagt immer: Wenn ich dir so zuhöre, denke ich oft, dass 15-20 Jahre Gefängnis wegen Mord gar nicht so viel sind.
Dumm bin ich jedenfalls nicht! Ich hab´ nur manchmal Pech beim Denken und will halt immer alles ganz genau wissen!
In Mathe, da bin ich echt gut. Viele haben ja Probleme damit, ich habe gehört 11 von 7 können nicht mal sicher bis 20 rechnen. Ich kann echt gut logisch denken. Pass auf, ich zeig´s dir:
Je mehr Käse – desto mehr Löcher.
Je mehr Löcher – desto weniger Käse.
Also: Je mehr Käse, desto weniger Käse.
Hast du das auch raus?"

Zum ersten Mal in meinem Leben war eine mathematische Aufgabe für mich nachvollziehbar und ich nickte wissend!

„Und wie sieht´s in den anderen Fächern aus?", hakte ich nach.

Nachdem das kleine Mathegenie den Nasenrotz ausgiebig und hörbar Richtung Stirnhöhlen gezogen hatte, berichtete sie weiter.

„In Sachunterricht bin ich auch gut. Da soll man ja viel fragen. Wo wir die Polizeidienststelle mit der Klasse besucht haben, wollte ich wissen, wie die Polizei früher vor 5000 Jahren Verkehrssünder geknipst hat. Da gab es ja noch keine Kameras. Statt ´ne Antwort zu bekommen, haben die meine Mama angerufen, dass die mich abholt.

Die war natürlich nicht begeistert und meinte, dass ich mir so aber keine Freunde mache. Ist mir aber egal! Ich brauch keine Freunde, ich hab´ Wurst mit Gesicht im Kühlschrank.

Ich bin seit meinem letzten Geburtstag eh voll der Außenseiter in meiner Klasse. Und das alles nur, weil mir bei der Rechtschreibung manchmal dumme Fehler passieren. Zu meiner Geburtstagsparty ist keiner gekommen. Ich habe in die Einladung geschrieben: Es wird Torte geben. Dummerweise hab´ ich bei Torte das r vergessen..."

Ich konnte mich vor Lachen kaum halten und überlegte allen ernstes zum ersten Mal in meinem Leben, ob ich meine wertvollen Gene nicht vielleicht doch weiter geben sollte. Dieses Mädchen gefiel mir ausgesprochen gut und ich hatte das Gefühl, mein jüngeres Ich vor mir sitzen zu haben.

„Hast du denn schon eine Idee, was du mal arbeiten möchtest, wenn du groß bist?", bohrte ich weiter.

„Vielleicht werde ich ja Polizistin, die haben ja auch keine Freunde. Ich versteh´ mich gut mit denen! Allerdings waren die nicht begeistert, dass ich mit ohne Helm und ohne Fahrradführerschein einfach so mit dem Rädchen fahre, aber meine Reifen fanden die cool. Der eine Polizist meinte sogar: Boh, die sind ja total abgefahr´n.
Ich weiß viel über die Polizei, das haben wir im Sachunterricht besprochen. Ich weiß zum Beispiel, wenn der Verkehrspolizist so macht", die Kleine stand kurz auf und spreizte die Arme weit auseinander „dann lässt er grade einen fahren.
In dem Test zu dem Thema hätte ich fast ´ne 1 bekommen. Nur eine Antwort war nicht ganz richtig: Die Frage war: Berichte von deinen eigenen Erlebnissen mit der Polizei! Ich habe dann geschrieben:
Obwohl meine Mutter einen Seitensprung mit einem Polizist gemacht hat, ist sie dem Verkehr zum Opfer gefallen. "

Und wieder brach ich in schallendes Gelächter aus. Die Kleine gefiel mir immer mehr und ich dachte darüber nach, mir nach dem Arztbesuch schnell einen Adoptionsantrag zu besorgen.

„Ich könnte auch Undercover-Cop werden.", sprudelte es aus ihr heraus. „Ich falle auf keine Tricks rein! Letzte Woche habe ich zum Beispiel einen 50 Euro-Schein gefunden. Den habe ich aber gleich mal in den Müll geworfen, der war nämlich nicht echt, der war lila und hatte 'ne Null zu viel.

Meine Mama hält nix von den Polizeiplänen. Die sagt immer, ich wäre wegen meiner großen Klappe 'ne größere Sicherheitslücke für private Daten als facebook.

Ich muss ja nicht zur Polizei, ich kann auch was anderes arbeiten.

Ich könnt zum Beispiel Dieb werden. Dann klaue ich aber nur bei Aldi, da ist es billiger.

Oder ich werde Koch bei Germanys Next Topmodel. Den ganzen Tag chillen und abends für jede ein Äpfelchen schälen.

Ich hör jedenfalls mit Nachfragen nicht auf! Die singen doch sogar bei der Sesamstraße: Wer nicht fragt, bleibt dumm.

Und dumm will ich auf keinen Fall bleiben! Wenn du nämlich dumm bist, kriegst du keinen guten Job und dann verdienst du kein Geld und musst in den Harz ziehen. Da will ich aber nicht hin!

Ich mach jetzt erstmal mit bei so 'nem Gewinnspiel. Das ist so was wie Payback. Du musst in Flensburg Punkte sammeln und wenn du 18 zusammen hast, bekommst du ein Fahrrad. Das schaff ich locker!"

„Frau Brausch bitte!" war aus dem Lautsprecher im Wartezimmer zu hören. Ich verabschiedete mich schweren Herzens von der kleinen Göre und begab mich in den Behandlungsraum.

Halt den Kopf hoch und den Mittelfinger höher

Ich wollte nie Kinder. Punkt. Ich weiß, wie das klingt und ich sehe Ihren Blick beim Lesen des Satzes sehr deutlich vor mir. Sie denken jetzt sicher, ich sei der fürchterlichste Mensch der Welt. Der einfache Satz „Ich möchte keine Kinder" zieht Reaktionen nach sich, bei denen ich mich oftmals frage, ob es tatsächlich als verwerflicher angesehen wird, keine Kinder zu bekommen, als Kinder zu misshandeln oder auszusetzen. Jemandem das Leben zu nehmen scheint nicht so schlimm zu sein, wie kein Leben in die Welt zu setzen. Wir kinderlosen Singlefrauen rangieren im sozialen Gefüge irgendwo zwischen Strauchdieb und Tierschänder. Seit einigen Jahren mangelt es auch schlichtweg an Möglichkeiten. Wenn ich je schwanger sein sollte, ist das der Augenblick, den Vatikan anzurufen und nach einer Krippe und etwas Stroh zu fragen.
Je nach Tagesform reagiere ich unterschiedlich auf die bösen Blicke und Kommentare, die sich wie Pfeilspitzen gegen mich richten, wenn ich den einfachen Satz „Ich möchte keine Kinder" ausspreche.
Bin ich in Diskussionslaune, stelle ich auf die Frage „Warum willst du keine Kinder?", die schlichte Gegenfrage „Warum hast du Kinder gewollt?". Viele kommen da doch tatsächlich in Erklärungsnot. Ich weiß jeden-

falls, warum ich Grundschullehrerin geworden bin. Weil ich diese kleinen Teppichratten liebe. Sie sind so unvoreingenommen, können sowohl echte Freude, als auch echte Trauer zeigen. Alles an ihnen ist echt! Und ich bin gerne ein kleiner Bestandteil ihres Lebens.

Meine Kinderliebe empfinde ich irgendwie als „echter", denn sie ist nicht an ein Kind – MEIN Kind – gebunden, sondern verteilt sich gleichermaßen auf alle Rotznäschen in meinem Umfeld.

Wenn Eltern bei Gesprächen in der Schule nicht mehr recht weiter wissen, höre ich oft: „Naja, SIE haben ja keine Kinder!". Das ist dann der letzte verzweifelte Versuch, die Schuld für hausgemachte Lernprobleme noch schnell auf den Lehrer abzuwälzen. In den meisten Fällen bin ich den Eltern nicht böse, obwohl diese Äußerung schon hart ist. An Tagen, an denen ich leicht gereizt bin und mein Gegenüber so richtig in Schockstarre versetzen will, lege ich dann ein bekümmertes Gesicht auf, senke den Blick nach unten, wie einst Lady Di es tat und sage leise: „Es kann halt nicht jeder Kinder bekommen…".

Und BOOOOOOM! Die bis dato vorherrschende Aggressivität schlägt in Windeseile um in totale Betroffenheit.

Mitleidig wird mir das Händchen getätschelt und es fallen Sätze wie: „Das wusste ich ja gar nicht. Das tut mir unendlich leid."

„Was tut Ihnen leid?", frage ich unschuldig schluchzend.

„Na, dass Sie keine Kinder bekommen können."

„Wer sagt, dass ich keine Kinder bekommen kann?"

„Na Sie, Sie haben doch gerade gesagt, dass Sie keine Kinder bekommen können."

„Ach so, das… nee, das meinte ich mehr so allgemein… Ich kann Kinder bekommen – ich will nur einfach keine…"

Kinder in die Welt zu setzen ist sicher toll! Es bereichert das eigene Leben, man erkennt sich optisch und charakterlich in Söhnen und Töchtern wieder, man hat Grund stolz zu sein.

Okay, so weit, so gut!

Was ich allerdings nicht verstehe ist, dass es mir gegenüber so dargestellt wird, als hätte ich in meinem Leben so rein gar nichts geleistet. Ich glaube, ich könnte Bundeskanzlerin werden und zeitgleich Päpstin sein, könnte den Nobelpreis in Mathematik erhalten und in der Mittagspause eben kurz die Welt retten – das zählt alles nicht! Was zählt ist, dass ich noch nie ein Kind bekommen habe. Jetzt mal ehrlich, wo genau liegt denn die Eigenleistung, wenn aufgrund unzureichender Verhütung zufällig ein Spermium auf eine Eizelle trifft? Dazu bedarf es weder eines besonderen Arbeitseinsatzes, noch anderer Fähigkeiten. Nicht mal intelligent muss man sein.

Ich glaube sogar, dass eine weniger intelligente Frau schneller schwanger wird – bleibt nur zu hoffen, dass es in diesem Fall windig ist, wenn der Apfel vom Stamm fällt.

Mal davon abgesehen, frage ich mich beim Arbeitstempo mancher Menschen oft, wie es sein kann, dass die irgendwann einmal das schnellste Spermium gewesen sein sollen.

Das Schlimmste ist, dass uns Singles nichts zugetraut wird. Als Single kannst du ja auch quasi nix! Du kannst nicht kochen, nicht backen, nicht nähen, nicht waschen, nicht bügeln. Das Wissen um diese hausfraulichen Fähigkeiten erlangst du erst beim Pressen im Kreißsaal. Du atmest sozusagen das unnütze Wissen aus und durch das Einatmen weißt du plötzlich wie man Muffins backt.

In Wahrheit können diese Übermütter auch nicht mehr als ich. Ich habe schon erlebt, dass mir eine Bekannte die Currywurst/Pommes vom Imbiss um die Ecke, die sie ihrer Tochter als Mittagessen kredenzte, als 4-Gänge-Menu verkaufen wollte: „Heute gab es bei uns Brät vom Cochon mit Kartoffelstäbchen an Tomaten-Curry-Jus."

Als Single wird dir hingegen alles abgesprochen. Du musst ja auch nichts tun, hast keinerlei Arbeit, das Haus reinigt sich von selbst, schmutzige Kleidung wird neu gekauft, gekocht wird auch nicht, ist ja kein Kind da, das es isst und Alleinstehende müssen ja bekanntermaßen nichts essen. Wir Singles haben außer Licht nix im Kühlschrank. Basta!

Dass diese Frauen sich ständig selbst widersprechen, scheinen sie gar nicht zu merken. Mich lassen sie unaufhörlich wissen, wie gut ich es doch habe, weil ich keine Kinder mein Eigen nenne. Im gleichen Atemzug höre ich dann aber, WIE organisatorisch anstrengend es ist, das Kind, das ja SO UNGLAUBLICH VIEL Arbeit macht, nach dem Tag in der Ganztagsschule abzuholen, es zur Tagesmutter zu fahren und dann, nach einem Tag mit Massagen und Gesichtsbehandlung, auch noch den jugendlichen Babysitter nach Hause fahren zu müssen – Puh, ganz schön stressig, eine echte Zumutung!

Aber ich bin ja selber schuld, dass viele mich in einem schlechten Licht sehen. Ich gebe zu, dass ich das negative Denken dieser Mütter nur zu gerne unterstütze. Ich habe mal eine Bekannte, die mich unentwegt und bei jeder Gelegenheit disste, gefragt: „Ich möchte gerne mein T-Shirt waschen, aber ich weiß nicht, bei wie viel Grad."

„Was steht denn drauf?"

„Adidas…"

Mir hat tatsächlich mal eine Mutter gesagt: „Wenn du die Handtücher hier wäschst, dann musst du die aber Kochen."

Auf meine Frage, ob ich das im Suppentopf oder besser im Wok machen soll, fühlte sie sich in ihrer Annahme, einen kompletten Vollidioten vor sich zu haben, bestätigt.

Ich wollte mich für ihren supi-tollen Tipp erkenntlich zeigen und ließ sie an meinem reichhaltigen hausfraulichen Wissen teilhaben: Das Weinen beim Zwiebel schneiden lässt sich vermeiden, wenn man es schafft, keine emotionale Bindung zur Zwiebel aufzubauen. Ich glaube, sie denkt noch heute darüber nach…

Noch interessanter sind aber die Freundinnen, die ständig Kochtipps geben und mir sagen, wie ich was im Haushalt machen muss, von denen ich aber weiß, dass ihre einzige haushalterische Tätigkeit darin besteht, der Reinemachefrau von der Couch aus beim Putzen zuzusehen.

In all diesen Fällen gilt: Lass dich nicht unterkriegen! Halt den Kopf hoch und den Mittelfinger höher!

Nüchtern betrachtet war es besoffen besser

Aber es gibt auch Frauen, die ehrlich sind und die Probleme und Sorgen, die Kinder neben all dem Schönen nun mal auch mit sich bringen, einfach aussprechen.
Meine Freundin beispielsweise. Sie liebt ihr Kind, keine Frage! Aber sie ist auch bestechend ehrlich…

„Tja, seit meine Kleine auf der Welt ist, dreht sich mein Leben nur noch um Kleidergröße 128. Und jetzt beschwert sich der Harald auch noch, dass ich mich immer verspäte. Dabei kommt er doch immer zu früh. Ja, früher, da war ich nie zu spät. Da hatte ich ja auch noch keine morgendlichen Cornflakes-Diskussionen oder „Ich muss aber noch mal Pipi“-Pausen. Meine Kollegin, die Andrea, die diskutiert ja dann mit den Bälgern, dass jeder Elternratgeber stolz auf sie wäre: „Nee, du, ich find das jetzt nich gut, dass du nochmal Wasser lassen willst. Nee, du, das macht die Andrea jetzt echt betroffen.“
Geht das nicht auch kürzer??? Vielleicht sowas Einfaches wie: „Nein, du dreckiger Rotzlümmel! Halt ein oder zieh´s hoch!“
Ich weiß gar nicht, wie das mit dem Kind überhaupt passieren konnte!? Ich hab doch nichts anders gemacht, als sonst auch. Ich bin aufgestanden, war duschen, hab´

mich gekämmt und bin nach Hause gegangen. Ach so...
Ja, gut. Das könnte natürlich sein....
Jedenfalls stellte sich mir dann plötzlich die Frage:
Disco oder Dammschnitt?
Piercing oder Presswehe?
Wochenendurlaub oder Windel Winnie?
Naja, und da wurde ich halt schwanger... jo, passiert
manchmal so...so ganz nebenbei... einmal am falschen
Ort zur falschen Zeit... und schon biste Mutter.
Und das ganze Leben ändert sich doch. Du musst dich
mit dem Zähne kriegen rumschlagen, obwohl du deine
schon wieder verlierst. Du musst dieses Schreien ertra-
gen und die nächtlichen Wanderungen durch die Wohnung. Das schlaucht ganz schön. Apropos Schlauch,
hast du ´ne Ahnung, wie meine Brüste nach all der
Stillerei aussehen? Stell´ sie dir so vor, wie zwei Luftbal-
lons, die man vier Wochen nach der Party hinter Couch
entdeckt.

Da propagieren die mit Sätzen wie: Kinder bereichern
unser Leben und ich fall natürlich voll drauf rein. Das
war vor neun Jahren und seitdem ist alles anders! Früher war ich eine angesehene Psychologin mit Lehrstuhl.
Heute bin ich Mutter mit Klappstuhl. Ja, ich bin jetzt
Managerin, Schneiderin, Organisatorin, Ärztin, Repara-
turservice, Klofrau, Putzfrau, Zimmermädchen, Kran-
kenschwester... kurz gesagt Mutter. Morgens, mittags,
abends, nachts...nur noch Mutter.
Meine Tochter ist jetzt 9 und ich fühl mich wie 90. Är-
mellos und bauchfrei sind für mich schon lange kein
Thema mehr. Obwohl ich mir gleich nach der Geburt
so schlank wie nie vorkam. Aber da war ich ja auch
noch im Hormonrausch. Mann, war ich stolz, als ich

meine Füße wieder sehen konnte. Dafür musste ich mich von meinem riesigen Freundeskreis verabschieden. Ja, gut, man lernt beim Baby-Schwimmen schon ne Menge Leute kennen. Kennst du Babyschwimmen? Das ist da, wo man auch im Sommer frische Pilze bekommt. Aber ich passe da nicht rein. Nein, ich hab´s versucht, aber ich passe da nicht rein, in diese Krabbelgruppenvereinigungen. Warum? Weil ich nicht die vollen 3 Jahre gestillt hab. Uhhh, was bin ich nur für eine Rabenmutter! Ich habe nämlich keine Lust auf blutige, entzündete, vereiterte Brustwarzen. Da bin ich der totale Egoist. Aber dann kommen diese Übermütter, diese Mutterschiffe, die jedem – egal, ob der will oder nicht – ihre nackten Tüten präsentieren, als wären sie Getränkeautomaten. Nur, weil ich mir die mitleidigen Blicke ersparen will, darf ich mir dann die Vorwürfe anderer Mütter anhören: „Nee du, das find ich nicht okay. Du gönnst deinem Kind echt gar nix. Du ziehst dir da ´ne Allergikerin groß. Du machst mich echt voll betroffen." Diese geballte Mutterfront, allen voran diese ungewaschene Wiebke wollte auch, dass ich der Stillliga beitrete. Das ist sowas wie die Bundesliga, halt nur mit zwei Bällen. Aber ob dieses Stillen bis zum 13. Lebensjahr wirklich gut ist... Also, wenn ich mir Wiebkes Tochter Sunshine-Chloe so ansehe... die ist jetzt 14, naja, vielleicht wächst es sich noch aus... Gut, man sagt ja immer, es gibt keine hässlichen Kinder. Aber bei Sunshine-Chloe ist irgendwie jeden Tag Halloween.
Überhaupt dieser Name... Sunshine-Chloe... Wiebkes Zwillinge heißen Fitus und Konstantin. Und da heißt es, ICH will meinem Kind nicht gut. Vielleicht liegt es ja auch daran, dass die Kinder durch ´ne künstliche Befruchtung das Licht der Welt erblickten. 90 % dieser

Kinder haben nämlich die Form eines Erlemeyerkolbens. Aber Wiebke meint, das wächst sich aus, durch die Sport-Frühförderung.

Jetzt versucht Wiebke sich gerade an einer neuen Methode. Da kann man unter dem Mikroskop die schlechten Gene, also die von Wiebkes derzeitigem Lebensabschnittspartner eliminieren und die Gene von der Wiebke um ein Vielfaches multiplizieren. Wiebke meint, das wär en bisschen wie beim Autokauf. Da ist vom Ford K bis zum BMW-Kombi alles drin. Na, dann hab ich aber lieber so en klappriges Damenrad wie meine Tochter.

Oh, das war jetzt gemein.

Bin ich echt ´ne Rabenmutter??? Jaaa!!!! Und ich liebe es. Da zeigen die in der Windelwerbung doch immer diese Ersatzflüssigkeit... weißt du eigentlich, welche Vorwürfe ich mir gemacht hab, weil mein Kind nicht blau pinkelt???

Muss das Jugendamt eingeschaltet werden, weil mein Kind keine musikalische Frühförderung bekommt? Muss ich zu Barbara Salesch, weil meine Tochter auf natürlichem Weg gezeugt und geboren wurde? Weil sie nicht im Kinderturnen ist, was ich – nebenbei gesagt – besser gebrauchen könnte? Werde ich schon bald zu Katja Saalfrank zitiert, weil mein Kind mit zwei Monaten noch kein English for Kids hatte?

Sunshine-Chloe ist jetzt jedenfalls schwanger...vermutlich von Kevin oder von Lars. Wie sagt Wiebke immer so schön: Kinder sind eine Gabe Gottes, und wenn mit Ihnen was schief geht, müssen die Eltern dran schuld sein!"

Hach, ich liebe es, wenn dieser Schwall an bestechender Ehrlichkeit nur so aus meiner Freundin heraus sprudelt. Da habe ich dann das Gefühl, mich auch frei äußern zu dürfen. Dass ich keine Kinder will, hat keinen bestimmten Grund. Zum einen hat es sich nie ergeben, zum anderen hatte ich nie das sehnsuchtsvolle Gefühl, genau-jetzt-auf-der-Stelle-und-sofort Mutter zu werden.

Klar, habe ich früher als Teenager schon mit offenen Augen das Muttersein betrachtet. Zum Beispiel beim Babysitten dachte ich oft: Hm… statt der Kinder schaffe ich mir später lieber was Ungefährlicheres an… vielleicht Löwen oder Piranhas.

Wenn´s einen überkommt, muss man ja nicht gleich schwanger werden, man kann´s ja erst mal üben.

Ich habe mir beispielsweise zu Testzwecken erst einmal einen Computer gekauft. Ja, Sie lachen… So ein Computer braucht auch Liebe, Zuwendung, Aufmerksamkeit… Gut, mit der Anschaffung hat es länger als 9 Monate gedauert, aber dann war Paul endlich da. Mit einem Geburtsgewicht von 8500 Gramm und allem dran, was dran gehört: Modem, Drucker, ein süßer kleiner Bildschirm…

Zunächst hatte ich die typische Wochenbettdepression: Immer dieses: „Fütter´ mich! Programmier´ mich!" Die piepsenden Geräusche von der falsch eingebauten Soundkarte…Das nervt schon, wenn das Kind, äh…der Computer quengelt, man selbst aber Schwierigkeiten hat, ihn zu verstehen. Oft musste ich auch nachts raus, weil Paul mir keine Ruhe ließ. Aber man ist dann ja doch stolz, wenn Besuch kommt und man sagen kann: „Guck mal, was mein Paul schon alles kann." Er ist sehr ordnungsliebend, schreibt sauber und ohne jeden

Fehler. Seine ersten Worte machten mich überglücklich und mir ging regelrecht das Herz auf, als er sagte: „Sie haben Post".

Dann wurde Paul älter und wie jedes andere Kind auch, konnte er nichts von allein, machte aber immer nur das, was er wollte.
Zunächst half noch Gut-Zureden, aber ich gebe zu: Den ein oder anderen Klaps auf den Rechner hat er schon kassiert. Natürlich hab ich ihn nie auf den Bildschirm geschlagen. Ich will ja nicht, dass er bleibende Schäden davonträgt.
Ja, ich liebe meinen Paul! Auch in der schwierigen Pubertätsphase liebte ich ihn. Das war eine schlimme Zeit. Ständig wollte er neue Spielsachen. Mal Hardware, mal Software oder eine neue Maus. Dann die ewigen Quengeleien: „Der PC von gegenüber hat aber en Drucker von HP, ich nur den ollen Lexmark... Der Franz von nebenan hat en neuen Treiber...Nie machst du ein Update mit mir..." Tja, Paul ist wie jedes andere Kind auch, sehr markenorientiert und man will ja mit seinem Kind, äh Computer auch nicht hinten anstehen.

Tja, dann kam die Trennung von meinem Ex. Ein kalter Krieg um das Sorgerecht für Paul begann. Ich konnte ihm vor Gericht aber dann den Wind aus den Segeln nehmen: Ich hatte herausgefunden, dass er auch noch einen PC mit seiner Sekretärin hatte. Da entschied der Richter, dass Paul bei mir besser aufgehoben ist.

Dann kam die Phase, in der ich meinen Job verloren hatte und Paul straffällig wurde. Er hatte unerlaubt Sachen im Internet bestellt, die ich dann nicht bezahlen konnte. Zunächst wurde er eingeloggt in Untersuchungshaft, bekam ein Passwort und eine Anmeldebestätigung. Das Urteil lautete „Unzureichender Arbeitsspeicher". Die Folgen waren hart. Man nahm ihm die Festplatte und verkaufte ihn nach Polen. In meiner Wohnung wurde alles gepfändet. Paul war das erste, was die Behörden mir weggenommen haben. Ich vermisse ihn sehr. Ich weiß auch nicht, was aus ihm geworden ist, wo er jetzt lebt, ob er geliebt wird... ob er noch ganz ist....

Ich bin jetzt die, mit der ich früher nicht spielen durfte

Ich denke, ich weiß jetzt, warum ich keinen Mann finde - weil ich keine Grille bin, also im übertragenen Sinne. Seit ich weiß, wie Grillenweibchen sich ihr männliches Pendent gefügig machen, beobachte ich solches Verhalten auch immer öfter in meinem Bekanntenkreis, ich bin mittlerweile auch fast der Überzeugung, dass einige meiner Freundinnen in einem früheren Leben eine Grille gewesen sein müssen und dieses Verhalten noch rudimentär vorhanden sein muss.

Grillenweibchen sind faul und nutzen den Grillenmann auf die wohl schamloseste und brutalste Art aus, die Mann sich vorstellen kann. So sitzt das Grillenweibchen anmutig am Boden und zirpt im süßesten Säuselton etwas, was aus dem Grillischen ins Deutsche übersetzt so viel heißt wie: Wow Baby, was du für ein tolles Insekt bist! Ich kann deinen langen Fühlern kaum widerstehen. Wenn du zu mir runter kommst, wirst du die Nacht der Nächte erleben!

Der Grillenmann, ähnlich dem Menschenmann, beginnt sofort zu sabbern und fliegt in freudiger Erwartung im Sturzflug nach unten, um dort vom Grillenweibchen... aufgefuttert zu werden.

Gut, es hat jetzt noch keine meiner Freundinnen ihren Partner gegessen, aber doch erkenne ich Parallelen.

Durch aufreizendes Gehabe, Lobhudelei und Gesäusel wird der Mann so zugezirpt, dass er sich wenig später im Wohnzimmer wiederfindet, einen Staubsauger schiebend – was für Männer mit dem Tod durch Kannibalismus in etwa gleichzusetzen ist. Das ständige Gezirpe bugsiert den Mann immer wieder in Szenarien, von denen er niemals-nie-nicht geglaubt hätte, dass er jemals die Hauptrolle darin spielen würde.

In Erwartung sexueller Leidenschaft räumt er die Spülmaschine aus, mäht den Rasen, hängt die Wäsche auf, sieht sich Dirty Dancing an oder geht außerhalb der gesetzlichen Feiertage duschen. So wird der Mann, das arme Insekt, von seiner Grille quasi gehornochst.

Viele Frauen beherrschen diese Art der Demaskulierung geradezu perfekt. Vielleicht ist es auch ein angeborenes Talent, den Männern die Kronjuwelen abzureißen, um anschließend damit vor den Augen anderer zu jonglieren. Vielleicht ist das Verhalten auch einfach nur die logische Konsequenz, die frau aus der fehlenden Lernfähigkeit der Männer zieht.

Mir fehlt es gänzlich an Logik! Das bahnte sich schon früh im Mathematikunterricht an, der ja die Grundlage zum Ausbau des logischen Denkens darstellt. Die Grundrechenarten erscheinen mir ja noch sinnvoll, aber was soll dieses Rechnen mit Buchstaben? Leute, entscheidet euch – Mathe oder Deutsch?

Kurvendiskussionen habe ich mich gleich von Beginn des Unterrichtsthemas an strikt verweigert! Ich finde es einfach nicht fair, über abdominal adipöse Mitmenschen zu lästern. Das gehört sich nicht!

Wahrscheinlichkeitsrechnung ist für mich Intuition. Was nutzt es mich auch, wenn ich berechnen kann, wie hoch die Wahrscheinlichkeit ist, dass der einarmige Bandit für mich einen Gewinn erzielt – ich will nicht nach Las Vegas, da verlaufe ich mich nur und finde aufgrund fehlender Logik nie wieder heim.

Wobei... ich war schon einmal in einem Spielcasino, denn es war Veranstaltungsraum für einen unserer Auftritte. Meine Kollegin wie auch der mitgereiste Techniker waren bereits informiert über die gewünschte Kleiderordnung und hatten vorsorglich schon mal die Hochzeitsklamotten aufgebügelt. Mich hatte mal wieder niemand über den Dresscode informiert, aber wozu auch, ich sehe schließlich immer blendend aus.
Piekfein war´s im Restaurant des Casinos! Das edle Ambiente wurde nur durch unsere Requisiten- und Klamottenecke gestört.
Nach getaner Arbeit fragte man uns, ob wir Interesse hätten, uns das über dem Restaurant liegende Casino einmal näher anzusehen.
Als man uns dann noch 5 Jetons für ganz umsonst in die Hand drückte, waren wir Feuer und Flamme! Im Casino war es wirklich sehr schon, nur diese großen, langen Tische mit dem grünen Filzbelag störten das Design.
Was? Achso, das sind Roulettetische? Aha!

Ich wollte gerade beherzt meine Jetons auf die 11 schmeißen, von der ich glaube, dass sie meine Glückszahl sein könnte, da entdeckte ich einen etwas nervös wirkenden Mann, der unentwegt in einem Buch fein säuberlich Zahlen notierte. Hektisch blickte er immer wieder vom Tisch zur Anzeige der bereits gewürfelten oder besser gesagt der ge-rouletteten Zahlen. Dann griff er in die Jackentasche, nahm eine Handvoll Jetons heraus und legte sie auf den Tisch. Dabei machte er seltsame Bewegungen mit seiner Nase, wie ich sie sonst nur von Helge Schneider kenne. Ich wollte gerade auf dem bequem aussehenden, erhöhten Stuhl Platz nehmen, um mir den Nasenwackel-Spieler genauer anzusehen, da kam ein Mann in roter Uniform und mit Kaiser-Willhelm-gezwirbelter Rotzbremse und machte mich darauf aufmerksam, dass auf dem von mir erwählten Platz nur der Chef-Croupier sitzen darf.

Ah, okay, dann halt nicht...

Der Mann mit dem Zwirbelbart erinnerte mich an einen Zirkusdirektor und ich fühlte mich zeitweise von seiner Optik zum Bälle-auf-der-Nase-balancieren animiert. Aber wie sich rausstellte war er ein Page, der eigens für uns abgestellt war, um offene Fragen zu klären.

Und ob ich Fragen hatte!

Erst ließ ich mir das Roulettespiel erklären und fragte dann, warum der Nasenwackelmann immer alles aufschreibt. Verstanden hab ich weder das Spiel noch die Notwendigkeit des Zahlen-Notierens - aber ich tat so, als wäre ich Profi.

Meine Kollegin und der Techniker hatten sich derweil am Anfängertisch niedergelassen und bereits Jetons auf den Filzbelag gelegt.

Ha, euch werd ich´s zeigen!

Gekonnt platzierte ich mein Plastikgeld auf ein Feld und wackelte vorsichtshalber noch mal mit der Nase.

Wie, ich kann meine Jetons nicht dahin legen???

Dann halt alles auf die 11!

Der Croupier drehte am Rouletterad... die 31... Mist, Haus und Hof verzockt! Einen Jeton wollte ich aber ich

105

aber unbedingt behalten (den Pagen auch, aber das ging nicht...).

Weiter ging´s nach unten in die Automatenhalle. Dort durfte jeder von uns zweimal am Glücksrad drehen. Man sollte das Datum des Tages erdrehen (19.10), dann hätte man ein Auto gewonnen. Kein Problem! Ich drehe also und sehe mich schon in einem schicken Zweitwagen Richtung Eifel düsen... aber dummerweise ist heute nicht der 43.13. ...

Wer immer mit der Herde rennt, muss ständig Är- schen folgen!

Der Mensch ist nun mal ein Herdentier! Wir alle fühlen uns diversen Gruppen zugehörig. Das beginnt schon während der Schulzeit. Da gab es auch strenge Unterteilungen in Coole, Uncoole, Schwänzer, Kiffer, Hochbegabte, Mauerblümchen, Superschlaue, Hirnverbrannte, Poeten und Mathegenies.
Ich habe mich nie einer Gruppe zugehörig gefühlt. Ich verstand mich mit allen gut. Natürlich standen einige Gruppierungen mir näher als andere.

Mathematiker sind mir seit jeher gleichermaßen suspekt wie auch sympathisch. Ich bewundere diese logischen Menschen, die alles berechnen können, alles beweisen und im gleichen Moment doch so hilflos durchs Leben laufen, dass man nicht anders kann, als ihnen unter die Arme zu greifen, damit sie nach dem darwinistischen Gedanken wenigstens eine kleine Überlebenschance haben. Weniger intelligente Menschen, so wie ich, kommen immer durch. Wenn ich einen Zehneuroschein auf der Straße liegen sehe, schreie ich Hurra, bücke mich und kaufe mir ein Eis oder freue mich, dass ich mich nun nur noch 58 Mal nach verloren gegangenen Zehneuroscheinen bücken muss, um mir die Louis Vuitton-Tasche kaufen zu können.

Mathematiker hingegen leben vermutlich alle am Existenzminimum, weil sie sich ausschließlich auf ihr rechnerisches Können und die dadurch gewonnenen unumstößlichen, nicht zu widerlegenden Ergebnisse und Fakten verlassen. Wenn die plötzlich einen herrenlosen Zehneuroschein auf der Straße entdecken, können sie sich gar nicht darüber freuen, weil im wahrsten Sinne des Wortes nicht damit zu rechnen war. Wahrscheinlich heben sie den Fund gar nicht erst auf, weil er die böse Unbekannte ist, die die ganzen schönen Berechnungen zunichte macht.

Messen mit zweierlei Maß ist auch so eine Geschichte, die ich nie verstanden habe. Ich lebe nach der Devise: Was du nicht willst, was man dir tut, das füg´ auch keinem andern zu. Mit diesem Satz ist doch alles gesagt!

Leider gibt es immer wieder Menschen, die nicht anders können, als mit zweierlei Maß zu messen. Folgende Beispiele erläutern vielleicht, was genau ich meine:

Eine Bekannte: „Hey Anke, du hast aber viele Katzenhaare an den Klamotten. So ging ich nirgends hin!"
Ich: „Babykotze, die sich über die gesamte Schulter ergießt, ist ja um so vieles kleidsamer!"

Oder:

Eine Bekannte: Du hast wohl Katzen STATT Kinder!"
Ich: „Niemals könnte ein Kind eine Katze ersetzen!"

Na? Wer ist in diesen Dialogen wohl Teufelchen, wer Engelchen?

Wenn mir Dinge unklar sind, dann wende ich mich immer vertrauensvoll an meinen Freund Thomas. Das ist der schlauste Mensch, den ich kenne und er hat auf jede Frage eine ausführliche Antwort, die er so in Worte kleidet, dass auch ich sie verstehen kann. Auf meine Frage nach dem Messen mit zweierlei Maß, gab er mir folgendes zu bedenken:

„Ist reine Betrachtungssache, liebe Anke. Nimm eine Postkarte und miss die lange Seite mit einem metrischen Lineal, und du erhältst 14,8 cm. Nimm ein amerikanisches, und du erhältst 5,8 inch. Das eine klingt größer, das andere kleiner, aber beides ist genau gleich viel. Es kommt jetzt drauf an, ob man es groß darstellen möchte oder gering. Je nachdem nennt man das eine oder das andere. Das ist blöd, ja, aber noch blöder ist es, wenn man unterschiedlich große Objekte dergestalt mit verschiedenen Linealen misst, dass ein direkter Vergleich verschleiert werden soll. Das sind aber Leute, die weder Mathematik noch Ehrenhaftigkeit verstanden haben, und dann wendet man am besten selbst wieder Mathematik an und subtrahiert sie aus seinem Dunstkreis. Nachhilfe geglückt?"

Absolut!

Dann wollen wir mal „zusammen subtrahieren"

Das war ein kluger Tipp von Thomas – wie immer.
Und ich glaube jetzt auch, dass ich mathematisch gar nicht so unbegabt bin. Ich denke, in mir schlummert in Wahrheit tatsächlich ein mathematisches Genie!

Auf Thomas´ Hinweis, all diejenigen, denen es an „Ehrenhaftigkeit fehlt", zu subtrahieren, habe ich begonnen, mich von all denen zu trennen, die mir nicht gut tun. Natürlich ist ein kleiner Prozentsatz an „Ehrlosen" geblieben, aber an einige Mitmenschen ist man nun mal durch andere Umstände gebunden und kann sie nicht einfach „aus dem Heft radieren".

Dabei fiel mir etwas Erstaunliches auf. Bisher dachte ich stets – und so wurde es mir bereits in der Grundschulzeit beigebracht – wenn man etwas wegnimmt, wird es weniger. Das stimmt aber nicht – 2 minus 1 ist nicht zwangsläufig 1, also weniger!
Ich bin nicht weniger wert, nur weil EINER aus einer ZWEIERbeziehung weg subtrahiert wird. Im Gegenteil. Ich bin lieber eine glückliche 1 statt einer unglücklichen 2.

Selbst in einer Zweierbeziehung gehe ich andere mathematische Wege, die nicht zwangsläufig falsch sind — nur anders.

$1 + 1 = 2$ ist sicher toll! Aber $1 + 1 = 1 + 1$ sagt mir einfach mehr zu. Ich möchte aus meiner 1 keine 2 machen, nur weil alle es tun. Ich möchte innerhalb der 2 noch immer eine eigenständige 1 sein, zu der sich eine andere 1 gesellt. Perfekt ist diese mathematische Verbindung dann, wenn du dich stellenweise so ausgepowert, traurig und belastet fühlst, dass du nur noch zu einer 0,5 taugst, die aber dann durch eine liebende 1,5 wieder komplettiert wird.

Meine Subtraktion im sozialen Bereich hat mich aber noch weit mehr gelehrt. Ich habe zwar einige Mitmenschen aus meinem Dunstkreis wegsubtrahiert, aber die freundschaftlichen Bande mit denen, die noch da sind, haben sich um ein Vielfaches multipliziert. Demnach ist meine Subtraktion — Achtung! Bitte Trommelwirbel, Anke verwendet einen mathematischen Begriff, von dem sie auch noch um seine Bedeutung weiß — antiproportional! Dat is´n Ding, wa?!

Somit habe ich durch die Verwendung angewandter Mathematik meinen ersten eigenständigen Beweis geliefert (ohne Abschreiben beim Banknachbarn): Weniger ist mehr!

Das lässt sich natürlich nicht auf alle Bereiche des Lebens anwenden, denn weniger Handtaschen sind nun mal *schluchz* weniger Handtaschen.

Aber auf mich trifft diese alte antiproportionale Weisheit tatsächlich sehr häufig zu.

Ich habe keine 12 Millionen-Villa mit Meerblick, aber für mich ist mein Haus das schönste der Welt. Es ist perfekt auf meine Bedürfnisse angestimmt. Natürlich wäre ein Büro ´ne tolle Sache. Zu einem begehbaren Kleiderschrank als Ankleidezimmer oder einer Sauna mit Spabereich würde ich sicher auch nicht Nein sagen. Aber mein kleines Häuschen mit all den Winkeln (nur kein rechter) macht mich jeden Tag auf´s Neue glücklich. Es schenkt mir die Geborgenheit, die ich brauche.

Ich bin umringt von tollen Nachbarn, die immer da sind, wenn ich Hilfe brauche. Unsere Grillabende im Sommer genieße ich ebenso wie die kurzen Gespräche zwischen Tür und Angel.

Ich bin wahrlich nicht die Hellste, aber schlau genug, um durch´s Leben zu kommen. Ich verdiene ausreichend Geld, habe einen großartigen Job und einen tollen Nebenjob.

Ich bin Single, aber das gibt mir jeden Tag neues Selbstbewusstsein, weil ich weiß, dass ich Dinge alleine machen kann, wenn ich sie alleine machen muss.

Ich habe einen großartigen Bekanntenkreis! Allen voran mein karnevalistischer Frauenelferrat. Was für ein toller Haufen! Wir sind vollkommen unterschiedliche Frauen, die aber trotz weniger Gemeinsamkeiten zusammen halten wie Pech und Schwefel.

Ich gehöre einem tollen Katzenforum im Internet an, in dem sich eine kleine Gruppe total verrückter Miezenliebhaber gefunden hat. Dort beschwert sich niemand über Katzenhaare an den schwarzen Klamotten, im Gegenteil, sie werden mit Stolz getragen. Dort kann ich beruhigt von meinen Katzen als meiner Familie sprechen, ohne schief angesehen zu werden. Ich kann von der Farbe und Konsistenz der kätzischen Hinterlassenschaften berichten (und sogar Fotos davon posten), ohne dass mir angeekelt der Vogel gezeigt wird.

Die Schule, an der ich unterrichte, ist winzig klein und beherbergt nur drei Dutzend Kinder, aber es ist genau die Schule, an der ich sein möchte, nirgends sonst würde ich jeden Morgen mit einem Lächeln auf den Lippen zur Arbeit fahren. Meine Kollegin Kerstin, Sekretärin Astrid und die fleißigen Putzbienen Irmi, Rosi und Gerlinde bereichern meinen Alltag ebenso wie die Eltern meiner Schüler und natürlich die Kinder, die alle ein kleines bisschen meine eigenen sind.

Ich habe nicht viele Freundinnen… Streng genommen nur eine, mit der ich alles teile – meine liebe Hilde, ein wahrer Goldschatz, nach dem ich lange buddeln musste und von dem ich froh bin, ihn gefunden zu haben.

Dann wäre da noch mein Papa. Ihn zu beschreiben, würde wohl noch einmal ein ganzes Buch füllen. Ich habe bis auf die Kurzsichtigkeit und das Geschlecht alles von ihm geerbt. Witzigerweise hat sich in den vergangenen Jahren einiges an unserem Verhalten gedreht. War er es früher, der voller Sorge auf die Uhr blickte, bis der ersehnte Anruf kam, der verkündete, dass ich heil zu Hause angekommen bin, so obliegt das Sich-Sorgen heute mir.

Das Schöne an all diesen Menschen ist, dass ich ein Stück mit ihnen in der Herde laufen kann – aber nicht muss. Ich darf zwischendrin getrost mal Rast machen, innehalten oder in die entgegengesetzte Richtung laufen, wenn mir danach ist.

Ich darf schwarz sein, wenn alle anderen weiß sind, ohne ausgeschlossen zu werden, ich darf vorweg gehen oder das Schlusslicht bilden.

Auch, wenn ich ab und an den Weg verlasse, um auf anderen Wiesen zu grasen, weiß ich, dass diese Menschen auf mich warten.

Alles in allem kann ich nichts anderes sagen, als dass mein Weniger unterm Strich ein glückliches und zufriedenes Mehr ist!